I0613726

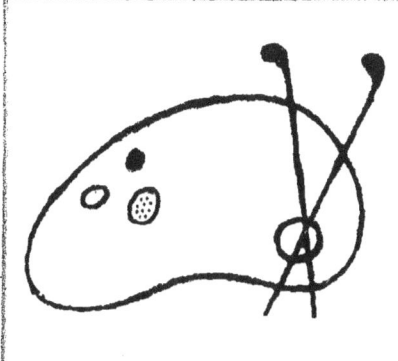

Début d'une série de documents
en couleur

COUVERTURES SUPERIEURE ET INFERIEURE D'IMPRIMEUR

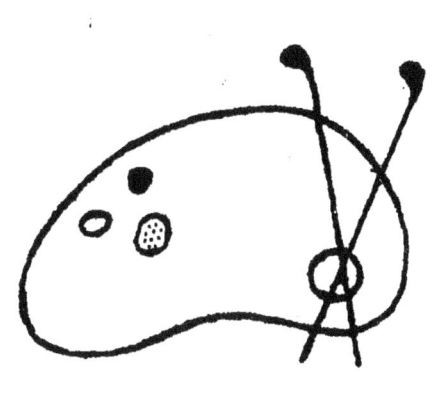

Fin d'une série de documents
en couleur

CONTES POPULAIRES

IN-8° PREMIÈRE SÉRIE

8°Y²
17408

Les contes populaires

J. N. BOUILLY

CONTES POPULAIRES

ÉDITION REVUE

Sept gravures

LIMOGES

EUGÈNE ARDANT ET Cⁱᵉ

ÉDITEURS

BIBLIOTHÈQUE IMPRIMÉS.

CONTES POPULAIRES

LES DAMES DE LA HALLE

Il n'est point de profession, dans la capitale de la France, où le véritable honneur soit porté peut-être à un plus haut degré que parmi ces femmes qui, sous la familiarité du langage et la brusquerie des manières, cachent les nobles élans de l'âme et l'habitude constante du dévouement, de la générosité.

La Halle, pour le fidèle observateur des mœurs, est un tableau mouvant de scènes à la fois triviales et touchantes, qui tour à tour provoquent le rire, excitent l'intérêt et commandent l'admiration.

Je n'oublierai jamais le spectacle sublime, atten-
drissant, qui s'offrit à mes yeux, lorsque les puis-
sances de l'Europe, coalisées contre la gloire de nos
armes, firent pour la première fois rétrograder nos
guerriers, forcés de céder à la supériorité du nombre. La place immense des *Innocents* était jonchée
de vieux soldats et de jeunes conscrits blessés qu'on
descendait avec empressement des chariots d'am-
bulance. Leurs traits abattus et décolorés, leurs regards où se peignait la rage d'avoir été déçus par la
victoire, l'anéantissement des uns, les gémisse-
ments douloureux des autres, le sang généreux qui
coulait encore de leurs blessures, tout avait excité
la compassion des dames de la Halle. Elles char-
geaient sur leurs épaules ces militaires mutilés,
sans distinguer ni le grade ni l'âge, les déposaient
doucement sur des lits formés à la hâte, s'élançaient
ensuite vers la fontaine, où elles puisaient de l'eau
dans leurs mains pour laver avec précaution leurs
plaies sanglantes. Pressant dans leurs bras et ré-
chauffant de leur haleine ceux d'entre eux dont un
froid mortel commençait à glacer tous les sens, elles
invoquaient le ciel pour leur conservation, exci-
taient la pitié publique à les secourir, et formaient
pour ainsi dire un hôpital militaire de ce vaste dépôt si renommé des plus belles productions de tous
les jardins de la France.

L'humanité chez ces excellentes femmes est tout

à la fois un devoir, une jouissance. La piété filiale
surtout est pour elles un véritable culte; et cette
vertu prend sa source dans les obstacles qu'elles ont
à vaincre, dans les fatigues qu'il leur faut supporter
pour amasser de quoi se former quelque aisance
dans leurs vieux jours. L'enfant qui voit sa mère
s'éloigner à regret de son berceau, dès le matin,
pour aller s'établir à une échope où elle supporte
les intempéries de toutes les saisons, qui la voit revenir ensuite lui prodiguer ses soins maternels,
prendre à la hâte un repas frugal, et retourner à sa
place de vente confiée momentanément à une voisine; cet enfant, dis-je, ému du zèle infatigable de
sa mère, et calculant tout ce qu'il lui en coûte de
travail et de sacrifices pour élever sa famille, conçoit un attachement, une vénération graduée, qui
font germer et croître dans son âme le juste désir
de s'acquitter un jour. Aussi voit-on chez le peuple
des halles un grand nombre de vieillards des deux
sexes entourés des égards et de la respectueuse sol-
licitude de leurs enfants. Ils en reçoivent tout ce
qu'ils leur prodiguèrent dans l'âge le plus tendre;
ils exercent sur eux une autorité qu'ils conservent
jusqu'à la mort.

Ce sentiment de piété filiale, si légitime et si reli-
gieusement observé chez les marchandes de la
Halle, donna lieu à l'anecdote exemplaire et frappante que je me fais un devoir de raconter avec

toute la fidélité qu'elle mérite. Puisse le récit que je vais faire prouver aux classes élevées de la société que souvent, parmi le peuple, il se fait une police de mœurs qu'on n'oserait exercer dans le grand monde; et que le tribunal de l'opinion publique est plus austère et plus redoutable chez les petits qu'il ne l'est quelquefois chez les grands!

Louise-Anne, une des marchandes de poisson les mieux achalandées de la Halle, n'était pas moins remarquable par la régularité de ses traits et la piquante expression de sa figure que par ce caquet original et cette allure franche et prononcée qui caractérisent la plupart des femmes de sa profession. Son sourire joyeux et malin annonçait une volonté ferme et cette indépendance qui ne se courbe qu'avec peine aux plus simples bienséances. Elle s'inquiétait peu qu'on osât gloser sur son compte; elle avait des mœurs, et le témoignage de sa conscience lui suffisait. Toutefois, elle remarqua, parmi les nombreux jeunes hommes qui avaient affaire à elle, un facteur de la poste, nommé Bertrand, grand gaillard de bonne mine, d'une humeur enjouée, protégé de ses chefs, et certain d'un avancement avantageux. Sur les intentions qu'il avait manifestées de l'épouser, il fut admis chez sa prétendue, et présenté par elle à son père, ancien batelier du port de la Râpée, qui s'était retiré des bords de la Seine, à la mort de sa femme, pour venir s'établir auprès de sa fille;

avec sa vieille mère infirme, qu'il aimait beaucoup et qu'il se plaisait à combler des soins les plus tendres, les plus respectueux.

Le père Morand, tel était le nom de ce brave homme, accueillit avec une confiante satisfaction le prétendu de sa fille ; et déjà le jour de leur union était arrêté, lorsque le vieux batelier fut atteint d'une maladie grave qui le conduisit au tombeau. Dans ses derniers moments, il n'était occupé que de sa mère ; et lorsqu'en expirant il donna sa bénédiction à Louise-Anne, il lui recommanda de le remplacer auprès d'elle, et d'adoucir ses infirmités par tous les moyens qui seraient en son pouvoir.

Cette vénérable aïeule était paralysée, et passait sa vie dans un fauteuil, où elle trouvait encore le moyen d'utiliser son temps par le travail à l'aiguille. Mais il fallait chaque jour la lever et la coucher, comme un enfant au berceau ; il fallait la rouler sur son siége vers la fenêtre de la chambre qu'elle habitait, pour y respirer l'air et se ranimer aux rayons du soleil. Il fallait enfin lui préparer ses repas, supporter quelquefois les mouvements d'humeur et d'impatience si naturels aux êtres souffrants, et surtout lui obéir au moindre commandement. Morand l'avait habituée à exercer cette autorité dont les vieillards sont jaloux ; et la mort de ce fils si prévoyant et si soumis n'avait fait qu'augmenter encore le caractère irascible de la pauvre infirme.

Louise-Anne le supporta quelque temps sans se
plaindre; la pieuse recommandation de son père expirant était toujours présente à sa mémoire. Sa
gaieté naturelle et ses reparties vives, agaçantes,
faisaient sourire son aïeule malgré elle; souvent
même elles calmaient ses souffrances. Cependant,
comme la jeune marchande de poisson était obligée
d'aller occuper sa place à la Halle et de vaquer aux
soins de son état, elle avait établi près de sa grand'-
mère une jeune orpheline du voisinage, qu'elle
nourrissait par charité, et qui rendait à la respectable infirme tous les services qu'exigeait sa position.

Plusieurs mois s'écoulèrent sans que la bonne
femme Morand éprouvât le moindre ralentissement
dans les soins et les égards qu'on lui prodiguait;
mais bientôt elle crut s'apercevoir que Louise-Anne
n'avait plus auprès d'elle cet abandon filial, ni le
même empressement à prévenir ses désirs, à calmer
ses souffrances. Rien ne rend susceptible comme
d'être à charge à ceux qui nous entourent; rien n'ai-
grit le caractère comme la cruelle nécessité de recevoir les soins réitérés de ceux qui semblent nous
les rendre par obligation et par contrainte Louise-
Anne, sans jamais adresser à sa grand'mère un seul
mot qui pût l'offenser, s'acquittait de ses devoirs
envers elle comme d'une tâche pénible qui lui était
imposée, et les remplissait souvent avec impatience.

Enfin les plaintes succédèrent au silence, et la pauvre vieille. Morand ne tarda pas à reconnaître la cause de ces plaintes : c'était l'effet du refroidissement que montrait depuis quelque temps le facteur de la poste pour sa prétendue, à laquelle il avait déclaré que jamais il ne l'épouserait tant qu'elle aurait sur les bras sa grand'mère, dont les infirmités exigeaient tant de sacrifices, et dont l'humeur acariâtre devenait toujours plus insupportable.

Louise-Anne, entre son aïeule et son fiancé, combattit quelque temps encore; mais il lui fallut céder. La mère Morand elle-même témoigna le désir de se voir délivrée du supplice d'être à charge; elle accepta l'offre qui lui fut faite de se rendre dans un hospice, où sa petite-fille lui procurerait toutes les consolations et tous les égards qui seraient en son pouvoir. Les promesses, en pareil cas, ne coûtent rien; elles sont ordinairement en proportion du désir qu'on ressent de se débarrasser de ce qui nous devient un fardeau pesant.

Voilà donc la vieille paralytique transportée dans l'un des hospices de Paris, séparée de sa famille et de ses vieux amis; à la merci de ces infirmiers et de ces surveillants de salles, qui forcés de partager leurs soins et leurs services entre tant de valétudinaires, ne peuvent accorder à chacun d'eux qu'une faible portion de leur zèle. Pauvre femme! combien tu sentis alors le poids de tes infirmités! Quel vide dans ton âme! Quel affreux néant autour de toi! Cependant Louise-Anne ne manquait jamais d'aller visiter chaque matin son aïeule, de lui porter ce qui pouvait alléger sa cruelle position. Elle veillait elle-même à son lever, aidait à la placer dans son fauteuil, et la recommandait à tous les infirmiers avec l'élan de la piété filiale : on la vit même plusieurs fois laisser échapper quelques larmes lorsqu'elle s'éloignait de sa grand'mère, exhaler un soupir de regret, et, portant sur elle un dernier regard confus et touchant, regagner sa place à la Halle, où bientôt ses occupations et la présence du facteur de la poste effaçaient de sa pensée la pénible impression qu'y avait laissée son aïeule.

Quelques semaines s'étaient à peine écoulées depuis leur séparation, lorsque Louise-Anne eut à subir une épreuve qui lui prouva que jamais on ne méconnaît impunément les droits sacrés de la nature. La faiblesse qu'elle avait eue de céder aux volontés de son prétendu pour éloigner son aïeule de sa demeure fut connue de toutes les marchandes de la Halle ; il existe parmi elles une espèce de tribunal de famille, une véritable juridiction morale qui prononce sur l'honneur et les prérogatives de la corporation, et dont les arrêts s'exécutent sans qu'on puisse se soustraire à leur pouvoir. Un matin que la harengère était à son échoppe, étalant les plus beaux poissons de mer arrivés pendant la nuit, et dont elle faisait remarquer la fraîcheur aux nombreux chalands attirés par ses joyeux propos, elle se voit entourée des douze plus anciennes marchandes de la Halle, dont l'une lui demande s'il est vrai qu'elle ait conduit sa grand'mère à l'hôpital.

— Eh! que vous importe? répond Louise-Anne, rougissant et cachant, non sans effort, le trouble qu'elle éprouve.

— C' qui nous importe? reprend la présidente de la députation, c'est de ne pas conserver parmi nous autres la fille dénaturée qui r'fuse à des parents c' qu'el' a reçu d'eux dans son enfance... Encore une fois, Louise-Anne, qu'as-tu fait d' ta grand'mère ?

— J' vous dis que j' n'ai pas d' compte à vous rendre.

— Et nous, j'avons à t' signifier, d' la part de tout' nos camarades, soit dans les fleurs, soit dans l' fruit z-ou dans le poisson, au nom d' tout' la Halle enfin, qu' t'aies à quitter la place qu' t'occupes, si tu n' veux pas y être honnie et couverte d' boue chaque fois qu' t'auras l'audace d'y r'paraître.

— En v'là une sévère, par exemple! répond la coupable d'une voix moins assurée et s'efforçant de conserver son caractère. Est-ce que vous avez l' droit de m' priver d' mon état?

— Va l'exercer ailleurs! i' n' manque pas de marchés dans Paris.

— Est-ce qu'i' vous appartient de scruter ma conduite?...

— Oui, quand elle nous outrage.

— De prononcer mon déshonneur?

— Oui, pour éviter l' nôtre. En un mot, comme
en cent, t'as sacrifié ton aïeule aux volontés d' ton
prétendu ; et, manquant à la promesse qu' t'avait
fait faire ton père mourant, t'as eu l'inhumanité d'
mettre sa pauvre mère infirme dans un hôpital. Tu
t'es rayée toi-même du contrôle d' la Halle, et tu
n' peux plus rester parmi les braves gens qui la
composent.

— Eh! qui vous dit qu' mes moyens m' permettaient de garder chez moi ma grand'mère, et
d'avoir sans cesse une garde-malade auprès d'elle?

— Mauvaise excuse! t'es une des plus achalandées
dans l' poisson, et tu gagnes dans une seule matinée
d' quoi défrayer ton ménage tout' une semaine... .

— Misérable! ajoute la présidente en désignant les
joyaux dont est parée Louise-Anne, t'oses porter à
ton col une chaîne de cinq cents francs, à tes oreilles
des pendants d' prix, sur ta tête un riche bonnet de
dentelle, et tu mets ta grand'mère à l'hôpital!.....
Infâme! dénaturée!... fuis loin de nous, et va porter ailleurs ta honte et le r'mords de ton crime.

— Oui, oui, qu'elle s'éloigne au plus vite! s'é-
crient presque à la fois toutes les femmes qu'avait
attirées cette scène étrange. Elle a manqué au plus

saint des d'voirs, elle a forfait à l'honneur. Aucune de nous, j'en faisons l' serment, n' souffrira qu'elle prenne place à nos côtés : ça nous soul'v'rait le cœur ; ça autoris'rait nos enfants à nous manquer un jour de respect..... Allons! qu'elle décampe à l'instant !

La pauvre harengère voulut en vain lutter contre cet arrêt prononcé par ses compagnes et résister aux cris d'indignation de tout le peuple qui l'environnait ; elle fut contrainte de se retirer, et s'éloigna les yeux noyés de larmes, la rougeur sur le front, et d'une démarche abattue. Elle se repentit, mais trop tard, d'avoir cédé si facilement à la volonté de son prétendu ; lui, du moins, saurait par son amour et son union avec elle, l'indemniser du cruel affront qn'elle venait de recevoir et de la perte irréparable de son échoppe, où elle était si bien achalandée. Mais elle n'avait encore subi que la moitié du châtiment qu'elle devait recevoir.

Le facteur de la poste, instruit de la diffamation publique qu'avait supportée Louise-Anne, et surtout de l'arrêt prononcé contre elle par toute la Halle, sentit diminuer chaque jour son attachement pour sa fiancée ; car l'attachement sans l'estime n'est que passager. Il mit d'abord moins d'empressement dans ses visites, inventa mille prétextes pour reculer l'époque de leur mariage, et finit par déclarer à Louise-Anne qu'il s'exposerait à perdre son emploi,

et surtout l'assurance qu'il avait de monter en grade,
s'il épousait une fille devenue l'objet des sarcasmes,
du mépris du peuple ; et tout en s'avouant le complice
de sa prétendue, il rompit avec elle.

La jeune réprouvée fut donc contrainte d'aller s'é-
tablir dans l'un des marchés de Paris les plus éloi-
gnés de la Halle, où elle ne put trouver les mêmes
avantages, ni se faire de nombreux chalands. La
mort de la pauvre paralytique, qui n'avait pu résister au chagrin d'être reléguée dans un hospice, vint
ajouter aux remords de sa malheureuse petite-fille.
Louise-Anne perdit bientôt toute sa gaîté ; réduite à
vendre quelques harengs salés ou du poisson d'eau
douce dans un des faubourgs de la capitale, à porter
l'éventaire de carrefour en carrefour, elle tomba
par degrés dans une position voisine de la misère ;
bientôt enfin une maladie grave, causée par le tour-
ment secret de son âme, autrefois si enjouée, si expansive, la contraignit de se réfugier à son tour dans
un hôpital, où elle éprouva l'abandon de sa famille,
de ses amis ; elle reconnut enfin que la céleste justice marque d'un sceau réprobateur les enfants in-
grats, et leur fait éprouver tôt ou tard l'isolement
cruel qu'ils ont fait subir à leurs parents.

JOSEPH LE POMPIER

(NOUVELLE HISTORIQUE.)

Je ne connais point de profession plus utile, et
tout à la fois plus digne d'éloges, que celle de ces
hommes intrépides, secourables, qui, toujours prêts
à marcher partout où s'allume un incendie, partout
où le cri public les appelle, font mille traits de valeur, affrontent chaque jour autant de dangers que
sur un champ de bataille, et joignent le désintéres-
sement le plus noble à l'élan du courage. Ceux-là
sont de véritables soldats citoyens; et j'éprouve un
grand plaisir à raconter ici le trait admirable d'un
d'entre eux, qui mérita le prix de vertu décerné par
la réunion des philanthropes de Paris.

Parmi les sapeurs-pompiers d'un faubourg de la
capitale, Joseph L*** se faisait remarquer tant par
son adresse à escalader des bâtiments incendiés que
par son talent audacieux de plongeur, qui souvent
lui avait procuré l'inexprimable jouissance de sauver son semblable. Le feu et l'eau semblaient être
les éléments privilégiés où il s'était acquis la réputation méritée du plus téméraire et du meilleur des
hommes.

Le feu prit, à la fin de l'automne, et pendant la nuit, dans les vastes magasins d'un fournisseur général de la garde royale; et, de ces magasins remplis d'objets combustibles, l'incendie gagna la somptueuse demeure du fournisseur, le baron Descarville. Celui-ci, père d'une nombreuse famille, ne songea d'abord qu'à sauver ses enfants; il portait au milieu des flammes ceux en bas âge, espérant bien les arracher tous aux dangers imminents dont ils étaient environnés. Un seul avait été oublié dans cet affreux désastre : c'était une petite fille âgée de deux ans, qui dormait paisiblement dans une pièce attenante à l'appartement de son père, et dont la porte était fermée à double tour; l'enfant se réveille, pousse des cris perçants : ils sont entendus de Joseph; il brise aussitôt la porte par cinq ou six coups de hache, traverse une antichambre, le cabinet particulier du baron Descarville, pénètre jusqu'à l'enfant, et l'apporte, ivre de joie, dans les bras de son père, qui se dispose à récompenser un si généreux dévouement; mais le pompier, fidèle à sa consigne, déclare ne vouloir rien accepter; il n'a fait, dit-il, que remplir son devoir.

Sur le récit fait par Joseph qu'il s'est trouvé dans la nécessité d'enfoncer la porte de l'appartement, le baron, qui se rappelle avoir déposé sur son bureau de travail divers objets importants, entre autres un portefeuille de moyenne dimension, contenant

quarante billets de banque, s'empresse d'aller tran-
porter ces effets précieux dans une autre pièce où
ils doivent être plus en sûreté ; mais, à sa grande
surprise, il ne retrouve plus le portefeuille en question. Il cherche partout avec un trouble extrême, et
ne fait aucune découverte. Convaincu que les quarante billets de banque sont devenus la proie du
pompier, qui seul avait pénétré dans son cabinet, et
ne voulant pas lui donner le temps de soustraire le
portefeuille aux recherches qu'on pourrait faire, il
court sur-le-champ informer le capitaine des sa-
peurs du vol commis ; et quoiqu'il en coûtât beaucoup à son cœur d'accuser d'un crime le jeune
homme qui venait de sauver un de ses enfants, il
cède à la circonstance impérieuse où il se trouve,
et réclame l'autorité de l'officier pour obtenir justice.

Celui-ci, portant à Joseph une estime fondée sur
une conduite sans reproche, voulut, dans une occur-
rence aussi grave, aussi délicate, employer tout ce
que lui prescrivait la prudence. Il fait signe au pompier de le suivre, et le conduit à l'appartement du
baron, qui les y avait précédés. Joseph, en écoutant
l'accusation portée contre lui, tressaille et pâlit. Il
veut parler, sa voix expire sur ses lèvres : enfin,
revenu de la terrible commotion qu'il vient d'éprouver, et qui semble aux yeux du baron le désigner
comme le coupable, il propose pour se justifier qu'à

l'instant même on lui permette de quitter ses vêtements, dans lesquels on fera la recherche la plus
sévère. Aussitôt il se déshabille, et prouve clairement qu'il n'a point sur lui l'objet précieux dont la
disparition l'accuse.

— J'étais bien sûr qu'il était innocent ! s'écrie l'officier en lui serrant la main.

— Cependant il a pâli, dit M. Descarville.

— C'est de colère et d'indignation, répond Joseph
avec des yeux étincelants. J'étais loin de m'attendre
à recevoir un pareil prix de ce que j'ai fait pour
vous... mais, si je souffre de me voir accusé de la
sorte, vous souffrirez bien plus que moi, car vous
ne pourrez de votre vie embrasser votre enfant sans
rougir d'avoir outragé son libérateur.

— J'ose croire, monsieur le baron, ajoute l'officier, que vous garderez, ainsi que nous, le secret le
plus profond sur la scène étrange qui vient de se
passer.

— Oh ! pour moi, mon capitaine, je ne m'engage
à rien, reprend brusquement Joseph ; et je prétends révéler à tous mes camarades comment on
récompense nos services.

En effet, le pompier ne cessait de raconter à la
caserne l'affront qu'il avait essuyé ; et, portant la
main à son sabre, il ajoutait :

— Si le baron Descarville n'eût pas eu des cheveux blancs, je lui aurais demandé raison d'une

aussi cruelle insulte, et ses deux oreilles seraient en
ce moment clouées à notre guérite ; mais j'avais sur
lui trop d'avantages, et je me suis vu forcé de m'en
tenir au mépris.

Toutefois, le baron conservait un secret soupçon
que rien ne pouvait dissiper. Un mois entier s'é-
coula sans que le sapeur fût disculpé dans son esprit. Il balançait toujours entre l'épreuve faite sur ce
dernier et les apparences qui semblaient se réunir
pour l'accuser. Ne pouvant donc se résoudre à supporter une perte de quarante mille francs, il se disposait à porter sa plainte devant les magistrats, lorsqu'un matin son valet de chambre, en vidant un
grand vase de tôle, rempli de papiers déchirés, qui
se trouvait auprès du secrétaire, aperçoit un portefeuille de maroquin noir; il l'ouvre précipitamment,
le trouve rempli de billets de caisse, et le reporte à
son maître avec empressement et les démonstrations
de la joie la plus vive.

Il serait difficile d'exprimer la surprise et les remords du baron. Il prend sa course vers la caserne
des pompiers, supplie l'officier qui les commande de
les faire tous paraître devant lui, vole au-devant de
Joseph, lui fait amende honorable de ses injustes
soupçons, et lui offre telle réparation qu'il exigera.

— Il n'en est qu'une seule que j'eusse déjà récla-
mée, si vous n'aviez pas soixante ans; mais je ne
me bats qu'à force égale... Tout ce que j'attends de

vous, monsieur, c'est que jamais vous ne soupçon-
niez un sapeur-pompier de la moindre bassesse, sans
l'avoir vu... de vos propres yeux vu, commettre
l'action dont on osera l'accuser.

Ce fut en vain que le baron Descarville employa
tous les moyens de faire accepter à Joseph une in-
demnité de l'outrage qu'il avait reçu : ni l'or ni les
présents ne pouvaient tenter cet homme d'honneur;
il lui suffisait d'avoir été lavé d'une odieuse accusation en présence de tous ses camarades, qui redou-
blaient pour lui d'estime et d'attachement. Toutefois,
le nom du fournisseur général revenait souvent à la
pensée et sur les lèvres du pompier. Il n'en parlait
jamais sans éprouver un mouvement convulsif et
sans regretter de n'avoir pu lui couper les oreilles.
L'innocent qu'on accuse conserve toujours un reste
de rancune; elle s'exhale de temps à autre, et il serait injuste de la blâmer.

L'hiver succédait à l'automne, et dans plusieurs
incendies qui eurent lieu pendant cette saison rigoureuse, Joseph ne cessa de donner de nouvelles
preuves de son courage et de son humanité. Mais,
de tous les traits de véritable héroïsme qu'il avait
déjà fait admirer, il n'en fut point d'aussi remarquable que celui dont je vais faire ici le récit fidèle :
il prouvera que, chez le peuple, la grandeur d'âme
brille souvent du même éclat que dans les classes
les plus élevées de l'ordre social.

L'hiver de 1829, sans être d'une rigueur extrême, fut long, pénible et malsain : il eut dans Paris une influence désastreuse, et la plus grande partie de ses habitants souffrit beaucoup de ce froid humide et de cette variation d'atmosphère, qui altéra jusqu'aux santés les plus robustes. Mais tandis que la masse ouvrière et les indigents supportaient dans leurs demeures la privation des objets nécessaires à la vie, l'opulence était entourée de tout ce qui peut charmer l'existence, et se livrait aux plaisirs inventés par le luxe.

Parmi ces plaisirs, il en est un dont la jeunesse est avide à cette époque de l'année, c'est l'exercice du patin, où l'on peut étaler sa force, ses grâces et tous les avantages qu'on a reçus de la nature. C'est principalement sur le canal de l'Ourcq, au bassin de la Villette, que s'exercent ces jeux brillants et dangereux. Mille et mille spectateurs couvrent les bords du canal, et par leurs exclamations encouragent l'audace des patineurs. Les uns font glisser sur des traîneaux les personnes les plus élégantes, qui se livrent avec ivresse à cet amusement éphémère; les autres, en prenant leur élan sur la glace, avec autant de vigueur que d'adresse, dessinent d'un seul jet soit un chiffre, soit les contours d'une fleur; ceux-ci, placés sur une même ligne, franchissent, en remontant le canal, un long espace au signal que donne le chef de la bande, et le vainqueur gagne un

2

prix convenu, dont la majeure partie est distribuée aux indigents attirés à ce spectacle par l'espoir de voir s'ouvrir pour eux la bourse de ces riches oisifs. On croirait, en quelque sorte, assister aux fêtes brillantes de Saint-Pétersbourg, sur la Newa, à l'époque où l'hiver est dans toute sa rigueur. Mais la glace de ces contrées du nord est plus compacte et plus sûre que ne l'est celle de nos climats : aussi les accidents sont-ils moins fréquents que chez nous.

Dans le courant de l'hiver qui suivit l'époque de l'incendie arrivé chez le baron Descarville, un événement très-remarquable eut lieu sur le canal de l'Ourcq, dans la partie qui se trouve entre la barrière de la Villette et le faubourg du Temple. Plusieurs jeunes gens appartenant aux familles les plus distinguées de la capitale s'étaient réunis à un grand déjeuner de patineurs, donné aux athlètes vainqueurs par leurs rivaux. Ce joyeux repas avait été splendide, et les cris d'allégresse souvent accompagnés de la détonation des bouteilles de champagne, dont la liqueur pétillante échauffait encore les têtes ardentes des convives.

Le festin terminé, chacun d'eux revient sur les bords du canal, remonte en héros sur ses patins, et s'abandonne à toute la fougue d'une imagination exaltée par les nombreux toasts qui avaient été portés. Après mille tours de force et d'adresse, trois

des plus évaporés font la gageure d'exécuter, sur
leurs patins, les pas de la danse la plus correcte, et
même ceux de la galopade, devenue en vogue dans
tous les salons. Ils expriment en effet les attitudes,
les mouvements du plus habile danseur; mais, au
moment fatal où nos trois étourdis forment une
ronde, la glace se rompt tout-à-coup, et, dans un
clin d'œil, ils sont engloutis sous la voûte épaisse
qui couvre la surface du canal. Les cris déchirants
des spectateurs se font entendre: Joseph le pompier,
qui, tout en fumant sa pipe, rôdait à quelque distance de là, prend sa [course, arrive, selon son habitude, où le cri de la sûreté publique l'appelle, et
demande ce qui peut causer une si grande conster-
nation. On l'instruit de ce qui vient d'arriver. Il
quitte à l'instant même ses vêtements, et reconnaissant d'un œil avide, sur la surface du canal, l'exca-
vation formée sous les pas des trois jeunes impru-
dents, il s'y précipite. Sous cette voûte transparente,
d'où il ne pouvait revenir que par l'ouverture déjà
faite, il fouille, cherche, et, au bout d'une demi-
minute, il rapporte dans ses bras un de ces infortunés qu'il dépose en hâte sur le rivage; il le confie
aux soins des personnes qui l'entourent, et retourne
se précipiter dans le gouffre, heureux et fier d'avoir
déjà pu sauver une des trois victimes. On est quelques instants sans le voir reparaître; bientôt
on l'aperçoit à l'unique issue dont il puisse faire

usage, et il annonce qu'il n'a trouvé personne.

— Il en reste encore deux! lui crie-t-on de toutes parts.

— En ce cas, un verre d'eau-de-vie, et je retourne à mon poste!

Il plonge aussitôt pour la troisième fois, et ramène le second patineur sans mouvement et sans connaissance. Après l'avoir déposé dans les bras de ceux qui viennent à son secours, il se jette une quatrième fois, reste sous la glace aussi longtemps que ses forces le permettent, et reparaît à l'entrée du trou, les mains vides, la figure abattue, et dans un saisissement de froid qui ne lui permet pas de proférer une parole.

— O notre libérateur! notre dieu tutélaire, lui crie le premier jeune homme qu'il a sauvé, n'abandonnez pas notre cher camarade! il appartient à une famille honorable, opulente, qui vous récompensera comme vous le méritez... c'est un jeune officier de la garde royale... c'est le fils aîné du baron Descarville.

—Descarville! répond Joseph avec un mouvement convulsif.

— Eh! oui, ce riche banquier-fournisseur qui demeure au faubourg Poissonnière.

— Oh! je m'en souviens, reprend le pompier, j'y fus accusé par lui d'avoir volé son portefeuille; mais

j'oublie tout quand l'humanité commande. Encore
un verre d'eau-de-vie!

— Il plonge pour la cinquième fois : on ne le voit
point reparaître, on s'inquiète, on se reproche d'a-
voir excité son courage, son dévouement sublime,
qui peut-être va lui coûter la vie... lorsqu'il sort du
gouffre, hissant sur ses épaules le troisième noyé,
qu'on l'aide à porter sur la rive.

— Il est mort!... il est mort! s'écrie Joseph avec
désespoir, et tenant une main appuyée sur le cœur
du jeune officier; c'est celui des trois que j'aurais eu
le plus de plaisir à sauver, pour me venger de son
père, et lui prouver, en déposant son fils dans ses
bras... Il n'est pas mort!... son cœur vient de battre... Oh! si je pouvais achever de le rendre à la
vie!...

Il étend aussitôt sur le rivage le corps inanimé
du jeune Descarville, le couvre du sien, colle sa
bouche sur la sienne, emploie la force extraordinaire de ses poumons pour faire pénétrer l'air dans
ceux du noyé, pour en aspirer l'eau qui les paralyse;
après plusieurs applications de ses lèvres bienfaisantes et les plus généreux efforts, il frotte d'eau-
de-vie les tempes, le creux de l'estomac du jeune
asphyxié, qui peu à peu donne des signes d'existence. Tandis que les nombreux assistants achèvent
de lui porter les secours nécessaires, Joseph est allé
chez un de ses amis changer de vêtements, ranimer

ses membres engourdis. A son retour, les trois jeunes gens qu'il a sauvés se précipitent à son cou, le
couvrent de baisers, le comblent des expressions de
la plus vive et de la plus juste reconnaissance.

Mais celui des trois dont l'émotion ne saurait se
dépeindre est le jeune Descarville, qui doit la vie à
l'excellent homme dont son père avait soupçonné
l'honneur.

— Jamais, lui dit-il, non, jamais l'humanité n'a
porté peut-être aussi loin le dévouement et l'héroïsme, jamais un frère, un ami, n'eût montré plus
de courage et de persévérance, n'eût recouru à des
moyens plus efficaces et en même temps plus admi-
rables pour me rendre l'usage de mes sens, pour
m'arracher à une mort inévitable... Et vous saviez
que j'étais le fils de votre accusateur!

— C'est justement pour ça que j'avais un si grand
désir de vous sauver. Nous autres, gens du peuple, nous n'avons pas d'autres moyens de faire
sentir aux grands et aux riches que nous les valons
bien.

— Ah! croyez-le, bon Joseph, cette vérité ne s'ef-
facera jamais de mon souvenir. Je veux publier partout ce que vous avez fait pour moi; j'en instruirai
vos chefs, et cela ne les étonnera pas sans doute,
mais je n'aurai point de repos que vous n'ayez obtenu la juste récompense de vos belles actions et des
hautes vertus qui vous distinguent.

Elle tomba par degrés dans une position voisine de la misère
(page 18)

Pendant cet épanchement de part et d'autre, les
camarades des trois jeunes gens sauvés par Joseph
se cotisent entre eux, et, vidant leurs bourses dans
un chapeau, forment ensemble cinq à six cents francs,
qu'ils viennent offrir au pompier comme un gage de
leur gratitude et de leur considération; mais celui-
ci, prenant le chapeau, le lance sur le rivage, où
roulent éparses les pièces d'or et d'argent qu'il contenait, et s'écrie avec cette noble fierté d'un soldat-
citoyen :

— Croyez-vous donc que j'aie agi par un intérêt
pécuniaire? Tout ce que je puis accepter de vous,
Messieurs, c'est quelques rasades de bon vin qui me
réchauffent, me réconfortent; et, je l'avoue, j'en ai
grand besoin.

A peine a-t-il achevé ces mots, que tous les jeunes
gens l'emportent sur leurs bras au restaurant fameux
connu sous le titre de *Vendanges de Bourgogne*, et
là, ils renouvellent avec lui le banquet du matin, le
traitent comme leur égal, et l'honorent comme un
des hommes les plus chers à l'humanité. Divers
toasts sont portés tour à tour; mais celui qui excite
le plus de transports est exprimé en ces termes :

— Au respectable corps des sapeurs-pompiers!

— J'accepte au nom de mes camarades, répond
Joseph, et j'ose assurer qu'ils se montreront toujours dignes de l'honneur que vous leur faites.

— Comment en douter, reprend le jeune Descarville, avec une caution telle que la vôtre?

La joie brille sur le front de tous les convives.
l'ivresse est générale; mais elle augmente encore à
l'apparition du baron Descarville, que son fils avait
fait instruire de tout ce qui s'était passé. Il s'élance
dans les bras de Joseph, et son cœur paternel est si
vivement ému, qu'il ne peut proférer un seul mot. Il
prend les mains du pompier, ces mains vigoureuses,
bienfaisantes, qui viennent de sauver un fils chéri,
et les mouille des plus tendres larmes. Enfin, reprenant par degrés l'usage de la parole, il s'écrie :

— Et j'ai pu vous soupçonner! j'ai pu vous accuser !

— Ne parlons plus de ça, monsieur le baron; le
coup m'avait porté au cœur, j'en fais l'aveu;
mais la blessure est cicatrisée, l'incendie est
éteint.

— Il ne le sera jamais dans mon souvenir, lui répond le baron, et puisqu'on ne peut s'acquitter avec
vous en vous offrant ce qui fait agir tant de zélés
officieux, je n'aurai point de repos que je ne fasse
rendre à votre héroïsme, à vos nombreux services,
toute la justice qui leur est due.

Peu de mois après, Joseph reçut, en effet, l'étoile
de l'honneur des mains de son colonel, qui savait
l'apprécier; et bientôt il fut promu au grade de lieu-
tenant des sapeurs-pompiers, qu'il commande au-

jourd'hui même avec l'affection d'un bon camarade,
et dont il augmente chaque jour la haute réputation,
en leur inspirant le noble désir de le prendre pour
modèle.

LES SOUPES ÉCONOMIQUES

L'économie est indispensable dans toutes les classes de l'ordre social : sans cette qualité, qui n'est
pour ainsi dire qu'un devoir, l'humble artisan s'ex-
pose à la plus horrible misère, la classe moyenne
perd son heureuse indépendance, l'opulent se prépare
de cruelles privations, le grand seigneur ternit la
gloire de son nom, et le monarque lui-même compromet la prospérité de l'Etat, le bonheur de son
peuple et l'éclat de sa couronne.

Nous sommes tous soumis aux coups du sort, aux
caprices de la fortune ; mais le ciel, pour les braver,
nous donna la prévoyance et le calcul de l'avenir ;
il voulut que le moment où nous jouissons des plaisirs de la vie ne nous aveuglât point sur les revers
qui peuvent le suivre, et que le jour même le plus
heureux ne nous fît point oublier de nous occuper
du lendemain.

A la classe ouvrière, à cette nombreuse portion du peuple méritant nos égards et nos soins, s'adresse principalement la morale de ce trait historique, de ce tableau d'après nature, et dont les exemples ne sont que trop fréquents. Puissent surtout les ouvriers, pères de famille, qui liront ce récit fidèle, être convaincus que les jouissances passagères de la prodigalité font bientôt place aux regrets et au repentir; sans l'ordre et l'économie, on n'obtiendra jamais cette paix du foyer domestique, premier besoin de tous les instants de la vie ; ni cette estime publique sans laquelle on ne peut compter parmi les hommes.

Marcel et Bastien, habiles tailleurs de pierre, travaillaient depuis plusieurs années dans le même chantier, appartenant à l'un des entrepreneurs de bâtiments les plus renommés de la capitale. Tous les deux étaient mariés et pères de plusieurs enfants. Marcel avait trois filles, élevées par leur mère dans l'habitude du travail et de la soumission la plus respectueuse pour leurs parents. Bastien avait trois petits garçons de huit, sept et six ans, charmants espiègles et du plus heureux naturel, mais un peu trop livrés à eux-mêmes.

Tandis que madame Marcel, entourée de ses filles, qu'elle habituait elle-même à la couture, à la broderie, maintenait dans son ménage un ordre admirable, une propreté ravissante, madame Bastien,

grosse réjouie, aimant le plaisir, et que son caquet
amusant avait mise en vogue dans tout le quartier,
s'arrêtait, en allant chercher ses provisions, à causer
chez la fruitière, à passer en revue, chez le boulanger, toutes les pratiques qui venaient s'approvision-
ner à son comptoir, et bien souvent ne rentrait chez
elle qu'après deux ou trois heures d'absence, pendant lesquelles ses trois enfants s'étaient querellés,
battus; elle les retrouvait le visage meurtri, les vêtements en lambeaux, et criant tous la faim, que
bientôt apaisait la mère en leur distribuant des gâ-
teaux et des fruits.

Autant Marcel et Bastien étaient entre eux d'accord et s'entr'aidaient dans les divers chantiers où
ils se rencontraient, autant leurs femmes se trouvaient divisées d'opinions et d'habitudes. Les deux
ménages, quoique dans la même rue et à peu de
distance l'un de l'autre, communiquaient rarement
ensemble. Madame Bastien s'égayait sans cesse avec
les commères du quartier sur la conduite réservée
de madame Marcel; elle la traitait de bégueule, de
parcimonieuse, de despote hypocrite sous laquelle
son pauvre mari se courbait comme un esclave.
Celle-ci, de son côté, sans jamais rien dire en public
sur le caractère évaporé de sa rivale, la regardait
comme une caqueteuse de carrefour dont le babil est dangereux; comme une extravagante ne
songeant qu'à son plaisir, et ne s'occupant de

sa famille que pour les choses indispensables à la
vie.

Ce qui divisait surtout ces deux femmes, c'est que
l'une était jalouse de l'aisance et de la propreté ré-
gnant dans l'habitation de l'autre, de la tenue modeste, mais recherchée, de ses trois petites filles,
tandis que cette dernière rencontrait souvent les
enfants de madame Bastien mal vêtus, se colletant
dans la rue, loin de leur demeure; elle les avait re-
conduits plus d'une fois à leur mère, qui paraissait
alors humiliée d'être surprise dans son ménage en
désordre, elle-même sous des vêtements malpropres,
pendant que sur le pied du lit on voyait étalées une
jolie robe de toile anglaise et une collerette de tulle
garnie de dentelle qui devaient figurer le lendemain
au bal du Grand-Marronnier de la Villette. Bastien
et sa femme, en effet, allaient chaque dimanche avec
leurs trois enfants s'établir aux guinguettes les plus
renommées de la barrière, d'où ils ne revenaient que
bien tard, ce qui leur faisait dissiper en un seul jour
ce qu'on avait gagné dans la semaine.

Il n'en était pas de même de Marcel et de sa
femme. Ils passaient chez eux la moitié de chaque
dimanche à remplir avec leurs enfants les devoirs
religieux, à régler leurs dépenses, à calculer leurs
épargnes. La mère des trois jeunes filles occupait et
charmait leurs loisirs par quelques lectures amu-
santes, instructives; et après avoir fait un bon petit

repas, qui coûtait bien moins que le dîner de la Villette, on gagnait à pied le Jardin des Plantes, ou les
bords de la Seine jusqu'à Bercy; quelquefois on che-
minait jusqu'au bois de Vincennes, et là, vers le
soir, sous un riant feuillage et sur un gazon frais,
s'étalait une collation champêtre, composée d'un
petit pain et d'échaudés, ou d'un ou deux cervelas et
d'un fromage à la pie, que Marcel avait apportée
dans un panier, et qu'abreuvaient largement quelques bouteilles de bière achetées chez le cabaretier
le plus voisin. On riait, on s'épanchait; l'on n'entendait point les propos des buveurs ou les chanteurs et
leurs couplets; l'innocence des jeunes filles était
conservée dans toute sa pureté; le lien sacré de la
famille se resserrait, et, dès que le soleil cessait d'é-
clairer cette scène intéressante, le père, la mère et
les trois filles regagnaient à pied la barrière du
Trône, d'où, moyennant trente sous, ils étaient
transportés tous les cinq, dans une citadine, à peu de
distance de leur demeure. La dépense totale de ce
délassement utile et salutaire ne dépassait jamais
une pièce de cinq francs, tandis que Bastien et sa famille en dépensaient quinze ou vingt, et s'en revenaient presque toujours la tête échauffée, accablés
de fatigue et peu disposés à reprendre le travail du
lendemain.

On conçoit facilement que Marcel et Bastien, se
retrouvant le lundi réunis au chantier, où souvent

celui-ci ne paraissait qu'à la demi-journée, s'entre-
tenaient des plaisirs respectifs de la veille. Bastien,
pâle, et les membres engourdis, racontait tout ce
qui l'avait charmé à la Villette, énumérait avec orgueil les bouteilles de vin qu'il avait bues, et les par-
ties de billard qu'il avait jouées, les contredanses
que sa femme avait dansées, les jeux de ses trois
petits garçons dont l'espièglerie se développait de
jour en jour, et qui annonçaient devoir marcher sur
les traces de leur père. Marcel, plus calme et plus
disposé au travail, faisait le récit de sa promenade
au bois de Vincennes, et de la collation modeste qui
avait enchanté sa femme et ses trois petites filles,
dont les aimables qualités étaient le fruit des soins
que prenait d'elles leur excellente mère.

— Tiens, Marcel, ne me parle point de ces mijau-
rées qui dédaignent le plaisir du peuple et ne font
boire que de la bière à leurs maris. Tu te laisses
mener comme un enfant par ta femme, et vrai! ça te
fait du tort dans l'esprit de tes camarades.

— Je ne me laisse pas plus mener que toi; nos
goûts sont différents, voilà tout : toi, tu n'aimes que
la grosse joie, la société des buveurs et les salons du
Grand-Marronnier; moi, je ne me plais qu'aux
champs, sous le feuillage. Il est permis à chacun de
garder son trésor, et je n'en connais point de plus
précieux que les mœurs de mes enfants.

— On voit bien à ces grandes phrases, mon pauvre

Marcel, que tu n'es et ne seras jamais que le perroquet de ta femme... C'est une avare qui ne te laisse pas un sou dans ta poche; une vaniteuse qui méprise ses pareils; une liasse de gros livres, une savante qui se croirait déshonorée de causer un instant avec ses voisins.

— Toi qui disais, Bastien, que je suis le perroquet de ma femme, n'es-tu pas plutôt, dans ce moment, le perroquet de la tienne? Comme elle aime son plaisir par-dessus tout, et qu'elle dépense tout ce que tu gagnes, elle critique ceux qui ont de l'ordre et de l'économie; c'est l'ordinaire... Mais laissons cela; nos femmes ne se conviennent pas : est-ce notre faute? et devons-nous pour ça ne plus vivre en bons camarades?

— Non, sans doute; je te rends justice, tu vides une bouteille de vin presque aussi bien que moi : oh! tu es un brave homme; et c'est justement pourquoi je suis fâché de te voir faire bande à part, de te laisser mener... Mais comme tu le dis, laissons nos femmes faire à leur tête, et restons toujours bons amis; touche là!

— De tout mon cœur.

— Et pour qu'il ne reste aucun nuage entre nous de ce qui s'est dit de part et d'autre, allons nettoyer ça sur-le-champ avec le petit verre d'eau-de-vie.

— Très-volontiers; mais à condition que c'est moi

qui régale : j'ai à cœur de te prouver que ma femme,
tout économe qu'elle est, me laisse encore quelques
sous dans ma poche.

Cet entretien ne se renouvela plus entre les deux
tailleurs de pierre : excellents hommes, habiles ouvriers, ils ne s'occupèrent point de leur différente
façon de vivre, et encore moins de la conduite de
leurs femmes. Ils les laissaient jaser l'une de l'autre
sans jamais se mêler à la moindre critique ; et lorsqu'elle était poussée trop loin, ils interposaient
même leur autorité pour la faire cesser aussitôt.
Cette mutuelle tolérance ne fit que resserrer les
liens d'estime et d'amitié qui unissaient Marcel et
Bastien, et, à l'exception du dimanche, que chacun
d'eux passait à sa manière, ils se trouvaient réunis
à leur chantier, où plus d'une fois on les vit tailler
ensemble le même bloc de pierre, et lui donner les
formes ordonnées par l'architecte.

Un jour qu'ils travaillaient à la construction d'une
aile de bâtiment qu'on ajoutait à l'un des hospices
de Paris, ils remarquèrent avec un vif intérêt la dis-
tribution des soupes économiques faite aux pauvres
du quartier par des sœurs de charité. Un grand
nombre d'indigents, assis sur des bancs de pierre,
longeaient les murs de l'hospice, et là chacun d'eux
recevait des mains de ces respectables femmes un
vase de terre contenant le potage économique, mais
suffisant pour s'alimenter et ranimer ses forces. Les

uns mangeaient ou plutôt dévoraient cette pieuse offrande avec un cuiller de bois ou d'étain, dont ils s'étaient munis; les autres, qui ne pouvaient pas se procurer cet ustensile indispensable, se servaient de coquilles d'huîtres trouvées au coin d'une borne et qu'ils allaient laver à la fontaine voisine. Spectacle à la fois pénible et touchant! leçon terrible pour ceux que leurs passions et leurs folles prodigalités conduisent à la misère! Exemple précieux offert aux opulents, qui peuvent, en utilisant les restes de leurs gens, les miettes tombées de leur table, adoucir les maux de l'humanité souffrante et s'attirer ses bénédictions!

— Il faut avouer, disait Marcel à son camarade, que les pauvres trouvent de grandes ressources dans Paris, et que la bienfaisance emploie d'heureux moyens pour adoucir leurs maux.

— C'est justement ça, réplique Bastien, qui fait tant de fainéants et de vagabonds. Si les gens riches leur donnaient moins, ils seraient, comme nous, forcés de tailler la pierre, de supporter le froid et le chaud dans les chantiers.

— Que veux-tu faire à cela? la charité ne choisit pas; elle donne à manger à tous ceux qui ont faim.

Il faut en effet, reprend Bastien, être poussé par la faim la plus cruelle pour s'abaisser au point de venir s'entasser pêle-mêle à la porte d'un hôtel et sur des bancs de pierre, y dévorer ces soupes économiques, ni plus ni moins que de vils animaux qui cherchent leur pâture... Pour moi, je ne pourrais jamais m'abaisser jusque-là.

— Bon! tu dis cela parce que tu gagnes, comme moi, tes cinq à six francs par jour; mais, s'il t'arrivait un accident, une blessure grave, une longue maladie, et que tu fusses dans l'impossibilité de donner du pain à ta femme et à tes trois petits garçons, tu tiendrais un autre langage; et, comme dit le proverbe : *La faim chasse le loup hors du bois.*

— Il est sûr et certain que, si l'on songeait à tous les événements qui peuvent nous empêcher de travailler...

— On serait plus econome, n'est-ce pas? Eh bien! voilà justement ce que me répète ma femme, et je trouve qu'elle a raison. C'est dans la saison de la récolte qu'il est prudent d'amasser pour les mauvais temps; et, comme le dit encore le proverbe : *Veux-tu n'être jamais altéré, garde une poire pour la soif.*

— Bah! ton proverbe ne sait ce qu'il dit. Je serais bien fâché, moi, de n'être jamais altéré, surtout quand je vais à la guinguette. La bouteille de vin qu'on expédie vaut mieux, selon moi, que celle qu'on projette de boire : je n'aime pas à remettre mes plaisirs au lendemain, et, quand je les tiens, je ne les quitte que quand ma bourse est-vide. Je suis dans la force de l'âge et solide au travail : j'amasse-

rai plus tard ; mais, en attendant, vive la joie !... Au
petit bonheur !

Lorsque la conversation s'établissait sur cette ma-
tière entre Marcel et Bastien, chacun soutenait son
opinion, dans laquelle il était invariable. L'un, d'accord avec la meilleure des femmes, thésaurisait le
plus qu'il lui était possible, et ne redoutait rien autant que de tomber dans une position où il serait
forcé d'avoir recours aux ressources des indigents.

L'autre, tout aussi fier, mais entraîné par l'attrait
des plaisirs, et quoique brusque et d'un caractère
prononcé, n'étant que l'humble serviteur de la
joyeuse commère dont il se félicitait d'être l'époux,
se fiait au dieu des buveurs, et dépensait tout le
produit de son travail. Sa force physique et sa réputation parmi les tailleurs de pierre le rassuraient sur
son sort, et si parfois, le dimanche soir, il ne restait
rien dans sa bourse, il travaillait à la tâche dès le
lendemain, et bientôt sa femme et ses enfants étaient
largement pourvus de tout ce qui devenait nécessaire à leur existence. Ses trois petits garçons toutefois étaient assez mal vêtus et ne savaient pas encore lire, tandis que les filles de Marcel, couvertes
de robes modestes, ouvrage de leurs mains, se faisaient remarquer par leur propreté, par leur main-
tien gracieux et décent. Elles écrivaient sous la dic-
tée de leur mère les passages des meilleurs livres
de morale, et les récitaient le soir à leur père, qu'el-

les délassaient du travail de la journée par leurs succès et leurs caresses.

Ce contraste frappant devait nécessairement exciter entre les deux mères de famille quelques diffé-
rends et certains chocs de jalousie dont ne se mê-
laient jamais les maris, fidèles à leurs promesses ;
mais, à la longue, l'harmonie qui régnait entre eux
aurait pu en être troublée, si Bastien, qui ne payait
pas toujours avec exactitude le loyer de sa demeure,
n'eût été contraint de changer de rue et de se retirer dans un humble réduit au cinquième étage.
Marcel et sa famille restaient honnêtement établis au
troisième d'une maison bien tenue, où ils avaient
réuni, par leur économie, un joli mobilier, du linge
plus que suffisant, et même quelque peu d'argenterie. Il ne se passait pas de mois qu'on n'ajoutât, l'un
portant l'autre, une cinquantaine de francs au trésor
placé depuis plusieurs années à la *Caisse d'épargne,*
établissement admirable dont nous offrirons, dans
cet ouvrage, un tableau fidèle pour en prouver l'u-
tilité. L'éloignement des habitations de Marcel et de
Bastien avait achevé de détruire toute communica-
tion entre les deux familles ; ce qui charmait la
femme du premier, puisqu'elle n'était plus l'objet
de l'envie et des sarcasmes de sa camarade, et ce
qui, tout à la fois, évitait à cette dernière une comparaison d'ordre et d'aisance dont elle souffrait en
secret.

A cette manie de faire construire qu'avaient mon-
trée, comme à l'envi, les plus riches propriétaires de
Paris, et pendant laquelle nos deux tailleurs de
pierre pouvaient gagner chacun jusqu'à dix francs
par jour, avait succédé un grand ralentissement
dans les travaux. Les ouvriers ne rançonnaient plus
leurs chefs d'ateliers, et tout était rentré dans l'ordre. Mais aussi les gains se trouvaient réduits de
moitié : on voyait même dans Paris un grand nombre de travailleurs manquer d'ouvrage ; et la majeure partie d'entre eux était retournée au pays na-
tal, pour s'y livrer à la culture des champs qu'avait
fait abandonner l'ambition d'un gain considérable.
Pour comble de fatalité, un des hivers les plus rigoureux et les plus longs qu'on eût éprouvés depuis
longtemps vint frapper la classe ouvrière, et particulièrement celle dont les frimas suspendent les travaux journaliers. Marcel et Bastien furent trois mois
entiers sans pouvoir employer une seule journée à
leurs occupations habituelles. Vainement ils se réunissaient aux divers chantiers de l'entrepreneur qui
les employait depuis plusieurs années; vainement ils
allaient implorer son secours : celui-ci, forcé de céder à la rigueur de la saison, ne pouvait leur procurer le moindre emploi de leur temps. A la cessation
si funeste du travail se joignait la multiplicité des
besoins, occasionnée par la cherté du bois et l'ef-
frayante augmentation du prix des vivres. Oh! com-

bien eurent à souffrir Bastien, sa femme et leurs
enfants! Que de privations douloureuses ils éprou-
vèrent! Plus de dîners à la Villette, de danse au
Grand-Marronnier; plus d'escarpolette et de jeu de
billard. Retirés dans leur triste demeure, qui chaque
jour se dégarnissait d'un meuble vendu pour avoir
du pain, le père, la mère et les trois petits garçons
grelottaient devant quelques mottes allumées dont
la chaleur était éphémère; et bientôt toute cette famille fut en proie aux horreurs de la misère la plus
cruelle. Ce fut alors, mais trop tard, qu'on se repentit des prodigalités faites dans la belle saison.
Bastien attribuait la cause de leur détresse à sa
femme. Celle-ci la reprochait à son mari, dont l'i-
vrognerie et la passion du jeu les avaient ruinés; et
pendant ces débats, qui souvent faisaient naître des
duretés et des menaces, les pauvres enfants, mourant de froid, criaient et demandaient du pain qu'on
ne pouvait leur procurer.

Il n'en était pas de même chez Marcel : un bon
poêle échauffait sa paisible retraite, de manière à
faire oublier la rigueur de la saison. Ses trois filles,
rangées autour, travaillaient à l'aiguille, tandis que
la mère gouvernait le pot-au-feu qui chaque jour était
renouvelé, et réconfortait toute la famille. On s'était
approvisionné des objets les plus nécessaires à la
vie. on était vêtu chaudement, et sur les économies
qu'on avait faites, on pouvait se procurer de temps

en temps une voie de bois, chaque matin le café au lait, et même une bouteille de bon vin auquel était accoutumé le tailleur de pierres. Toutefois, il avait supprimé le petit verre d'eau-de-vie dont il se régalait à l'époque de ses grands travaux; et, tout en se résignant à cette privation, il disait gaiement qu'on ne devait plus graisser les roues d'une voiture qui restait sous la remise. En un mot l'union, l'aisance et la gaieté régnaient en dépit des frimas dans ce paisible ménage, qui n'éprouvait d'autre peine que celle d'écorner un peu le petit trésor déposé avec tant de plaisir à la Caisse d'épargne; mais on se promettait bien de le compléter et de l'augmenter encore dès que les travaux reprendraient dans les chantiers.

La rigueur prolongée de l'hiver avait fait un si grand nombre d'êtres souffrants, que la charité multipliait ses secours et ses dons. Parmi les nombreux traits de bienfaisance, on citait dans Paris celui d'un ancien marchand joaillier dont l'opulence égalait la charité, et qui lui-même, caché sous la bure et secondé par les gens attachés à son service, distribuait tous les jours, à midi sonnant, sur le quai de Gèvres, quatre cents soupes économiques, mais très-restaurantes, et remettait une pièce de vingt sous à chaque mère portant un enfant. Ce spectacle, aussi curieux qu'attachant, attirait un grand concours de monde; on en parlait dans toute la ville; et les uns, conduits

par la misère, les autres amenés par l'admiration
qu'excitait ce bel acte d'humanité, confondaient ensemble les accents de la reconnaissance.

Marcel et sa femme voulurent, comme tant d'autres, jouir de cet admirable tableau de la charité
chrétienne, et se rendirent à l'heure annoncée au
quai de Gèvres, où l'affluence était considérable. Ils
remarquent d'abord l'avidité déchirante avec laquelle tant d'infortunés tendaient leurs suppliantes
mains pour obtenir le premier aliment qu'ils eussent
approché depuis vingt-quatre heures de leurs lèvres
affamées. Marcel porte ensuite ses regards sur ces
longues files d'indigents qui, l'écuelle de terre appuyée sur le bras gauche, mangeaient de la main
droite ce qu'elle contenait. Il reconnaît, ainsi que sa
femme, plusieurs ouvriers de leurs voisins, réduits
à ce secours humiliant..... Mais quelle est leur surprise, lorsqu'ils découvrent Bastien et sa femme assis le long du quai, et se repaissant des dons de la
pitié! Un cri de douleur et d'étonnement échappe
à Marcel, et frappe l'oreille de son camarade, qui
rougit en le voyant, baisse les yeux et demeure
anéanti. La femme de ce dernier aperçoit de même
celle dont elle avait tant de fois critiqué l'économie,
et sur le compte de laquelle on l'avait entendue s'é-
gayer si souvent : l'altération de ses traits indique
ses remords et sa confusion; elle veut fuir et se
perdre dans la foule ; mais la femme Marcel l'arrête, et lui dit du ton le plus touchant :

— Pourquoi rougir, voisine?.., n'êtes-vous pas
mère?... Ah! que ne vous êtes-vous adressée à vos
anciens amis !...

Ces mots ont pénétré jusqu'au fond du cœur de la
coupable, elle fond en larmes, sans pouvoir proférer
un seul mot. Pendant ce temps-là, Marcel a pressé
Bastien dans ses bras; et, sans lui faire le moindre reproche, il l'entraîne avec ses trois enfants,
en lui disant d'une voix altérée par sa vive émotion :

— Mon ami... mon camarade, en être réduit là!...
Viens, viens chez moi!... Nous partagerons ce que
je possède ; et j'ai de quoi faire encore... Tu me ren-
dras ça quand nous nous retrouverons au chantier...
quand tu voudras..... jamais, si ça te convient.....
mais évite-moi le supplice de te voir mendier... Ah!
ma femme a bien raison : pourquoi ne pas vous
adresser à vos anciens amis?

Les deux familles se réunirent à la demeure de
Marcel, où les devoirs de l'hospitalité furent remplis
avec ivresse, et reçus avec reconnaissance; où se
resserrèrent pour jamais les liens de la plus vive
amitié. Bientôt les beaux jours reparurent; les
chantiers furent ouverts. La dette sacrée contractée
par Bastien le fit redoubler de zèle et d'assiduité
dans son travail : il n'eut point de cesse qu'elle ne
fût acquittée; et Marcel, pour les intérêts, ne voulut accepter qu'un serrement de main. Les femmes

des deux tailleurs de pierres ne parurent plus divisées d'opinions et de façon de vivre. Celle de Bastien, uniquement occupée des soins de son ménage
et de l'éducation de ses enfants, reconnut de quel
prix est l'économie, puisqu'en mettant à l'abri du
besoin, elle procure encore l'inexprimable jouissance de secourir son semblable. Jamais elle ne remit les pieds au Grand-Marronnier. Bastien lui-
même, quel que fût son penchant aux plaisirs de la
guinguette, reconnut qu'il en était de plus sûrs et de
plus vrais; il devint aussi économe qu'il avait été
prodigue : aussi doux, aussi bon, qu'il s'était montré jusqu'alors brusque, emporté; et, lorsque le dimanche il conduisait sa femme et ses enfants au bois
de Vincennes, avec la famille de Marcel :

—Va! lui disait-il, je n'ai pas envie de recourir
aux soupes économiques.

LE

BATEAU DE BLANCHISSEUSES

(ANECDOTE HISTORIQUE.)

Parmi les femmes qui, dans Paris, se livrent à des travaux pénibles, on remarque ces blanchisseuses de gros dont tous les instants de la journée sont employés à battre ou à brosser le linge dans les bateaux qui bordent la Seine. On les voit sans cesse, courbées sous la charge, monter, descendre des escaliers rapides, braver l'intempérie des saisons, respirer l'odeur infecte des bords d'un fleuve où viennent se perdre les immondices d'un million d'habitants, s'exposer à l'humidité continuelle qui perce leurs vêtements, engourdit leurs membres... et conserver toutefois cette gaieté française dont elles répètent les joyeux refrains, cette mise en commun des plaisirs et des peines de la vie; former en un mot, au milieu de Paris, une peuplade à part dont les habitudes, les mœurs et l'esprit de corporation, étonnent la pensée, touchent le cœur et commandent l'estime.

Le salaire journalier de ces femmes laborieuses
monte à cinquante sous, sur lesquels on les oblige à
se fournir le battoir et le tablier de cuir nécessaires
à leur pénible profession. La majeure partie d'entre elles sont mères de famille, et pourtant elles
trouvent le moyen de prélever sur leur paye une
retenue de cinq sous formant une caisse d'épargne
destinée à réparer des malheurs imprévus, à éviter
surtout à celles qui tomberaient dans la misère de
réclamer toute autre assistance. Elles ont coutume
aussi d'élire tous les ans, le jour de la mi-carême,
une doyenne, sous le titre de *Reine*, présidant à
leurs jeux et prononçant sur tous les débats qui peuvent s'élever dans cette petite souveraineté en plein
air, d'où la moindre bassesse, le moindre oubli d'une
austère probité, deviendraient un motif d'expulsion.
Cette loi fondamentale et conservatrice du corps
des blanchisseuses est d'autant plus utile et plus
strictement observée, que le linge qu'on leur confie,
souvent de prix, se trouve pour ainsi dire confondu
dans chaque case avec celui des cases voisines; la
moindre infidélité produirait le désordre et la confusion. Rien de plus curieux, et en même temps de
plus attachant, que cet aspect de cent femmes environ se touchant le coude et lavant ensemble le produit de nombreuses lessives. Jamais la moindre méprise, jamais le moindre larcin. Cet immense bateau,
dont la longueur égale celle d'un vaisseau de guerre,

semble être un vaste dépôt fondé par la confiance et garanti par l'honneur.

Mais c'est pendant la rigueur de l'hiver que ces femmes infatigables souffrent cruellement et qu'elles excitent la compassion. Le linge, trempé dans le fleuve, à travers les glaçons, gèle leurs mains au point d'arrêter la circulation du sang et de paralyser leurs mouvements : ce n'est alors qu'à l'aide d'un vase rempli d'eau chaude et posé sur des charbons ardents qu'elles parviennent à ressaisir la chaleur naturelle et l'usage de leurs membres engourdis. Oh ! si le riche habitant de Paris pouvait parcourir pendant l'hiver ces humbles réduits de la douleur, de la patience et du courage; s'il songeait bien à toutes les peines qu'a coûté le blanchissage de la chemise présentée par son valet de chambre, il ne souffrirait jamais qu'on diminuât une obole sur le modique salaire de la blanchisseuse.

Au bas du quai de la Cité, dans Paris, on voit un vaste bateau, fréquenté par un grand nombre de femmes habitantes de ce quartier très-populeux, et qui ont la réputation de donner au linge tout l'éclat de la blancheur sans en altérer la qualité. C'est en quelque sorte l'école normale des blanchisseuses de la capitale. Parmi ces habiles ouvrières se faisait remarquer, depuis quelques années, Blanche Raymond, jeune fille de vingt-trois ans, d'une figure ouverte et riante, d'une adresse reconnue et d'une

force physique peu ordinaire. Elle venait de perdre
sa mère, et, devenue l'unique soutien de son père
aveugle, ancien ouvrier du port aux Tuiles, elle redoublait de zèle et d'assiduité dans son métier pour
subvenir aux besoins du ménage. Le père Raymond,
quoique privé de la vue, s'occupait, en l'absence
de sa fille, à faire des filets pour les pêcheurs de
goujons, et parvenait, à force de travail, à gagner
ses vingt sous par jour, ce qui jetait quelque aisance
dans sa maison et lui évitait surtout l'idée cruelle
d'être entièrement à la charge de sa fille. Celle-ci,
après avoir préparé le déjeuner de son père, logé
rue de la Colombe, justement en face de l'escalier
qui conduit au bateau de blanchisseuses, y descendait vers sept heures du matin, retournait à midi
présider au dîner du pauvre aveugle, et revenait se
remettre à l'ouvrage jusqu'à la fin du jour. Rega-
gnant alors son modeste foyer, où régnaient la propreté et l'aisance, Blanche donnait le bras à son vieux
père et le promenait pendant une heure sur le quai
de la Cité, lui répétant avec une franche gaieté les
nouveaux caquets du bateau. L'aveugle en riait
avec elle, et, après avoir donné à sa fille les avis
d'une longue expérience, il rentrait faire le dernier
repas de la journée et s'endormait paisiblement, soi-
gné, caressé par son aimable enfant

Trois ans s'étaient écoulés depuis la mort de la
mère Raymond, et Blanche éprouvait un bonheur

inexprimable à rendre à son vieux père les plus tendres soins, à lui faire oublier, s'il était possible, la
perte irréparable de sa fidèle compagne. L'amour
filial, chez la jeune blanchisseuse, était si vivement
senti, qu'il éloignait de son cœur tout autre sentiment. En vain de jeunes artisans du voisinage es-
sayaient de lui plaire, sa piété filiale et ses occupations sans cesse renaissantes ne lui permettaient pas
de prêter à l'oreille leurs demandes.

Cependant, parmi les ouvriers apprêteurs de la
manufacture d'étoffes de mérinos, elle remarquait un
nommé Victor, d'une taille imposante et d'une figure où se peignait à la fois la sérénité de l'âme et la
plus franche bonté. Il n'adressait jamais à la jeune
blanchisseuse de propos familiers. C'était toujours
un salut plein d'expression et même de respect. Il
ne l'appelait jamais que mademoiselle Blanche, lui
demandait souvent des nouvelles de son père : question à laquelle il était impossible de ne pas répondre avec intérêt et même avec quelque reconnaissance. Rencontrait-il la blanchisseuse montant l'escalier rapide, sa hotte remplie d'une charge énorme
de linge mouillé, aussitôt il se postait derrière elle
et d'un bras vigoureux allégeait le fardeau de la
jeune fille. Il l'accompagnait ensuite jusqu'à la porte
de l'atelier de blanchissage où elle travaillait, et
s'en séparait alors en lui disant avec une expression
remarquable :

— Au revoir, bonne Blanche, au revoir!

La blanchisseuse, habituée aux plus doux épanchements de l'âme avec son père, ne put rester in-
sensible aux preuves si souvent réitérées de l'attachement le plus vrai, du dévouement le plus sincère; elle laissa donc entrevoir à Victor qu'il était
de tous ses prétendants celui qu'elle remarquait et
qui lui plaisait le mieux. Enhardi par ces aveux
tacites, celui-ci redoubla de gracieuses déférences,
et provoqua l'explication tout à la fois la plus flat-
teuse et la plus désespérante.

— Je ne puis vous le cacher, Victor, lui disait
Blanche avec naïveté, je vous préviens que rien ne
pourrait me séparer de mon père : vieux et privé de
la vue, il n'a que moi seule au monde pour adoucir
son triste sort.

— Eh bien! nous serons deux pour y parvenir,
lui répondit Victor. Je perdis dans mon enfance
l'auteur de mes jours: ce nom de père, si doux à prononcer, n'est presque jamais sorti de ma bouche, et
c'est un bonheur de plus que je vous devrai. Oui,
Blanche, en me nommant votre époux, vous don-
nez au vieux Raymond un fils dévoué et respectueux...

— Mais je me donnerai à moi un maître!... Bientôt le bonheur d'être votre femme serait augmenté
par celui d'être mère; alors le pauvre infirme n'aurait donc plus que la troisième place dans mon cœur;

Il n'obtiendrait plus qu'une faible portion de cette tendresse qu'il possède aujourd'hui tout entière. Il s'en apercevrait, en souffrirait sans se plaindre et deviendrait plus malheureux que jamais... Non, non, tant qu'il vivra, je dois renoncer au mariage. Ne cherchez donc point à me séduire par des idées de bonheur qui me sourient tout aussi bien qu'à vous! Laissez Blanche remplir la tâche que Dieu lui impose.

Ce qui surtout vint assiéger plus encore son noble cœur, et l'ébranler, en quelque sorte, dans ses résolutions, ce fut la publicité de l'attachement de Victor parmi les blanchisseuses. On ne pouvait concevoir qu'elle eût la force de résister aux instances de l'honnête garçon lui convenant si bien. Chacun fut son interprète auprès de Blanche : elle ne pouvait descendre au rivage sans que toutes ses compagnes ne plaidassent la cause de Victor. Assaillie de toutes parts, et cédant malgré elle au penchant qui l'entraînait, la jeune fille avoua que si le destin lui procurait jamais l'avantage d'obtenir un atelier de blanchisseuse, ayant alors la liberté de veiller constamment sur son père et de lui prodiguer tous ses soins, elle épouserait Victor. Mais un pareil établissement coûtait, au cours du jour, cinq à six mille francs : le moyen de se procurer une somme aussi forte, et comment pouvoir l'économiser sur son modique salaire? Victor, toutefois, reçut sa promesse, et ne per-

dit pas l'espoir d'atteindre le but fixé pour son bonheur. Il gagnait cinq francs par jour à sa manufacture, et il avait déjà fait quelques économies. Le né-
gociant chez lequel il travaillait depuis dix ans lu*
témoignait beaucoup d'estime, et daignerait peut-
être lui avancer une partie de la somme. D'un autre
côté, toutes les blanchisseuses du bateau, qui portaient à la masse chacune cinq sous par jour, formant environ neuf mille francs par année, proposè-
rent de prélever la somme nécessaire pour l'union
des deux jeunes gens. Blanche, sans cacher la vive
émotion que lui faisait éprouver cette offre généreuse, persista dans la résolution qu'elle avait mani-
festée, et réitéra sa promesse de s'unir à Victor dès
que, par leurs gains mutuels, ils seraient en état
d'acheter un atelier de blanchisseuse. Elle-même,
assure-t-on, faisait aussi quelques petites économies, et secondait en secret son prétendu pour obtenir l'établissement tant désiré ; mais bientôt elle
eut à subir de nouvelles épreuves qui faillirent
ébranler son courage.

Raymond, âgé de soixante-six ans, ancien ouvrier
du port aux Tuiles, où pendant longtemps il avait
bravé la rigueur des hivers, l'humidité du rivage du
fleuve, fut atteint d'un rhumatisme goutteux qui le
rendit perclus, et le priva surtout de l'usage de ses
mains. Pour lui, plus de distractions à ses maux ;
pour lui, plus d'existence sur la terre. Ce n'était,

pour ainsi dire, qu'un automate réduit à ne pouvoir
remuer sans l'aide et la volonté de ceux qui l'entouraient. Il fallait le vêtir de la tête aux pieds, lui
présenter à la bouche sa nourriture, comme au plus
faible enfant; il fallait le distraire de la mort antici-
pée où il était réduit, en faisant retentir à ses oreilles des paroles consolantes, en lui racontant l'histo-
riette du jour, les nouvelles des armées, ou bien en
lui faisant quelques lectures attachantes; et, pour
cela, Blanche était ingénieuse et d'un zèle admirable.
Raymond restait au lit jusqu'à neuf heures, moment
où elle revenait régulièrement du bateau le lever,
le placer dans son vieux fauteuil, lui présenter son
modeste déjeuner. Elle-même mangeait un morceau
de pain à la hâte, mettait tout en ordre, et retournait à son blanchissage. Dès que deux heures son-
naient, elle remontait à la hâte le long escalier du
quai, regagnait sa demeure à perdre haleine, pré-
parait le dîner de son père, ordinairement composé
d'une excellente soupe faite au moyen d'une marmite économique, dont une voisine charitable était
venue entretenir le feu nécessaire à la cuisson; et,
après ce repas substantiel, qui réconfortait le malheureux vieillard, elle descendait de nouveau sur le
rivage, où elle achevait sa journée de travail. Alors,
ses cinquante sous gagnés, elle venait rejoindre le
pauvre infirme, et trouvait encore les moyens de le
consoler et le distraire, jusqu'à ce que le sommeil

eût clos sa paupière appesantie et privée pour jamais
de la lumière du ciel.

Un jour cependant que Blanche, profitant de
l'heure de repos du matin, rentre chez elle selon
l'usage, elle trouve son père placé dans son fauteuil,
son lit fait et tout en ordre dans sa chambre; elle
s'informe de l'aide bienfaisant qui lui cause une si
douce surprise : le vieillard lui répond en souriant
que c'est son secret, et la jeune fille découvre bientôt que c'est Victor, qui, étant convenu avec le chef
de la manufacture de suspendre son travail à huit
heures au lieu de neuf, venait lever lui-même le
vieil aveugle, et lui rendre tous les soins du fils le
plus respectueux. Ce trait toucha vivement Blanche, et ne fit qu'augmenter le penchant qu'elle bra-
vait depuis longtemps. Un autre jour, en revenant à
la même heure de la matinée, elle aperçoit son père,
non-seulement hors du lit, mais dans un bain de
Barèges préparé par Victor d'après l'avis d'un habile médecin qu'il avait amené visiter le malade.
Blanche, à cet aspect, ne peut retenir ses larmes,
et, saisissant une main de son prétendu, qu'elle presse
fortement sur son cœur, elle laisse échapper cette
exclamation :

— Je ne pourrai jamais m'acquitter envers
vous !

— Vous n'avez qu'un mot à dire, Blanche, et votre dette est payée.

La tireuse de cartes (page 90)

La blanchisseuse rougit, baisse les yeux, espérant échapper par son silence à la nouvelle épreuve qu'on lui fait subir, lorsque le vieux Raymond lui-même, joignant ses instances à celles de Victor, exprime à sa fille le désir de la voir unie à ce digne garçon. Oh! que ce double combat fut pénible pour la sensible Blanche! Résister à son père, à son prétendu, braver à la fois l'autorité paternelle et le pouvoir non moins grand de l'affection fondée sur la reconnaissance!... Eh bien! l'amour filial fut encore le plus fort. Blanche, recueillant toutes ses facultés et déployant toute l'énergie de sa belle âme, déclara que jamais le bonheur d'appartenir au plus honnête homme qu'elle eût connu de sa vie ne la ferait renoncer au devoir imposé par la nature.

— Plus les infirmités de mon père augmentent, dit-elle, plus il a besoin de sa fille pour les supporter; ce qui, pour moi, est une jouissance, deviendrait pour tout autre une tâche pénible, peut-être même repoussante; en un mot, ma résolution est inébranlable.

Il fallut donc se conformer à ses volontés; et comme il était prudent de ne pas donner à Victor des droits qu'on n'aurait plus la force de combattre, on le prévint dans tous ses égards pour le vénérable infirme; on fit tous les frais des médicaments, ce qui détruisait le peu d'économies qu'on avait pu faire, et reculait d'autant plus l'union projetée. Vic-

tor aidait seulement à déposer le malade dans son
bain de Barèges, et grâce à l'efficacité de ce moyen,
les membres du vieillard reprenaient chaque jour
plus d'agilité. Mais les soins multipliés qu'il exigeait
ne permirent plus à Blanche d'aller faire sa journée
entière au bateau. Elle obtint donc de sa maîtresse
d'atelier le droit de travailler à la tâche, moyennant
tel prix par chaque pièce de linge, ce qui lui produirait à peu près autant que le salaire d'usage. Il
arriva même que l'état du vieux Raymond, permet-
tant à sa fille de donner plus de temps au travail,
celle-ci gagnait souvent jusqu'à trois francs par
jour. Aussi, dès que chaque matin le bateau des
blanchisseuses était ouvert, Blanche y paraissait la
première, portant sur son dos la hottée de linge
mouillé qu'elle devait expédier. Son zèle à l'ouvrage
égalait son adresse, et ses compagnes, connaissant le
prix de son temps et l'usage qu'elle faisait du gain
de sa journée, se gardaient bien de la distraire.
L'estime profonde et le vif intérêt qu'elles lui portaient donnèrent lieu à l'action bienfaisante et ingénieuse dont je me plais à retracer les circonstances ;
elle suffirait seule pour donner une juste idée de
l'attachement que se portent entre elles ces excellentes femmes, et de leur inépuisable humanité.

Blanche, un matin, arrive au bateau plus tard
qu'à l'ordinaire. Son père avait souffert toute la nuit.
Elle se livre à l'ouvrage avec plus d'ardeur que ja-

mais, afin de réparer le temps perdu. L'heure con-
venue vient à sonner : elle quitte aussitôt son tablier
de cuir, laisse dans l'enveloppe le linge qui lui reste
à laver, et le met sous la garde de ses deux voisines
de place. Elle se rend à la hâte auprès de son père
pour lui faire faire son repas accoutumé. Quelque
temps après, revenant au bateau, elle remarque
avec surprise que le blanchissage, qui, par elle, n'a-
vait été terminé la veille qu'à l'entrée de la nuit, se
trouve achevé beaucoup plus tôt. Cependant elle a
consacré bien des moments auprès de son père, et
le produit de son travail s'élève à plus de trois francs.
Le lendemain, même absence et même produit. Elle
ne doute plus alors qu'une main secourable n'agisse
pour elle pendant qu'elle va remplir le plus saint des
devoirs. Elle se tient donc en embuscade derrière le
parapet du quai de la Cité, porte un regard curieux
vers la place qu'elle a laissée vide, et la voit occupée
par une de ses compagnes. Celle-ci, d'accord avec
toutes les autres, prenait elle-même sur l'heure de
repos accoutumée le temps nécessaire pour remplacer Blanche dans son ouvrage, et faire ainsi tourner
à son avantage les instants qu'elle consacrait à la
piété filiale. Il avait été convenu que chaque blanchisseuse aurait son tour : aucune d'elles ne voulait céder le droit de donner à la meilleure des
filles une preuve de son amitié et de sa considération.

Blanche fut vivement émue de cette honorable preuve d'attachement, et feignit de ne pas s'en apercevoir. Secourue par cette cotisation si touchante, elle vit chaque jour s'augmenter ses profits, et devint en état de procurer à son père et des bains de Barèges et tous les remèdes nécessaires à sa guérison, qui bientôt fut complète. Oh! quel triomphe, quelle ivresse pour la blanchisseuse! Avec quelle joie et quel empressement elle amène le cher convalescent au milieu de ses compagnes, dont elle lui révèle alors le dévouement admirable, et qu'elle lui désigne comme ses bienfaitrices! Le vieillard, en quelque sorte rajeuni, embrassait l'une, serrait la main de l'autre, et jouissait surtout des félicitations que recevait Blanche de tous les assistants. Parmi eux, s'était glissé Victor, qui, en s'approchant d'elle avec un tendre empressement, lui dit tout bas :

— Je serai donc le seul dont vous aurez fait le malheur !

Blanche veut lui répondre ; mais son trouble est extrême ; et, pour cacher le combat qu'elle éprouve, elle va se jeter dans le sein de son père.

L'époque de la mi-carême approchait : les blanchisseuses, fidèles à leur ancien usage, s'occupaient du choix de leur *reine*, qui, pendant le cours de l'année, exerce une autorité d'autant plus respectée, qu'elle a pour base la liberté des suffrages. Ils se réunirent à l'unanimité sur Blanche, comme celle

de toutes leurs compagnes qui s'était acquis le plus
de droits à l'estime générale. Elle fut couronnée
dans cette fête solennelle, célébrée sur le bateau
même, couvert de grandes voiles maritimes et pa-
voisé de fleurs. La jeune blanchisseuse y fut amenée
par son père, qui jamais n'avait été plus ingambe. A
leur aspect, une douce harmonie se fit entendre, et
l'on décerna d'une commune voix au vieux Raymond
l'honneur de poser la couronne de roses sur la tête
de sa fille. Ses mains paternelles tremblaient de
plaisir encore plus que de faiblesse; il avouait que
c'était le plus beau jour de sa vie. Après avoir in-
voqué le ciel pour le bonheur de Blanche, digne soutien de sa vieillesse, il la couvrit des baisers les plus
tendres, des pleurs les plus délicieux. Chaque assis-
tant rendit tour à tour son hommage à la nouvelle
reine; et Victor, s'approchant d'elle en sujet respectueux et fidèle, lui dit encore :

— Je serai donc le seul dont vous aurez fait le
malheur !

Ces mots, prononcés avec une expression pénétrante, furent entendus de plusieurs blanchisseuses,
et particulièrement de la maîtresse d'atelier de Blanche, qui lui fait publiquement l'offre de lui céder
son fonds dès qu'elle aura pu se procurer cinq mille
francs.

— J'en ai déjà le quart, s'écrie Victor, et me
charge d'emprunter le reste à mon manufacturier.

— Mais ce serait contracter une dette au-dessus de nos forces! dit Blanche, ne pouvant cacher son trouble; et comment restituer jamais une somme aussi forte?

— Avec le prix de vertu que vous décerne l'Académie française, lui répond un vieillard qui s'était mêlé dans la foule, et dont l'extérieur inspire le plus profond respect. On lui demande l'explication de ce qu'il annonce. Il apprend alors à tous ceux qui l'entourent que, chaque année, l'Académie française est chargée de distribuer un prix de vertu, montant à six mille francs, fondé par l'illustre de Monthyon, pour la plus belle action recueillie parmi le peuple de Paris. Il ajoute que le maire du huitième arrondissement, sur la demande de toutes les blanchisseuses de la cité, ayant présenté Blanche Raymond comme le modèle accompli de la piété filiale, elle venait d'être élue par la compagnie à laquelle il avait l'honneur d'appartenir, et qu'il était député vers cette tendre fille pour l'instruire de la palme, si bien méritée, qu'elle venait d'obtenir.

Cette nouvelle produisit dans tout le bateau l'effet qu'attendait l'homme de bien qui en était le porteur. Des cris d'allégresse retentirent de toutes parts. Toutes les blanchisseuses pressaient dans leurs bras le vénérable académicien, et légitimaient, par leur joie et leurs remercîments, le choix qu'on avait fait de leur chère compagne, d'avance par elles couronnée de roses. Celle-ci, toujours simple, modeste, et n'osant croire encore à l'honneur qu'elle reçoit, s'avance, appuyée d'un côté sur le bras de son père, de l'autre sur celui de Victor : elle reçoit de l'honorable député le prix qui va combler ses vœux, et prouve à toutes les blanchisseuses dont elle est environnée que tôt ou tard le ciel récompense les enfants dévoués et soumis, et que la piété filiale, ce sentiment si naturel dans sa source, et si sublime dans ses inspirations, n'est pas plus vraie chez les grands, plus admirable dans les salons dorés, qu'elle ne se montre chez les petits et sur l'humble bateau des blanchisseuses.

LES TROIS NUMÉROS.

De toutes les passions qui souvent égarent le peuple, la plus funeste, peut-être, et malheureusement la plus commune, est ce désir aveugle, insatiable, de s'enrichir aux jeux de hasard (1). Il semble que

(1) Une loi bienfaisante a supprimé la loterie ; mais, d'autres jeux de hasard exerçant toujours leur séduction sur l'esprit du peuple, la morale de cette histoire peut encore recevoir une utile application.

moins on est favorisé du destin, plus on devient avide de ses dons... et c'est au hasard seul qu'on se confie pour les obtenir! Ah! si les gens aisés, jouissant d'un sort paisible, sont dupes de compromettre leur honnête existence pour se cramponner au char de la fortune, qui presque toujours les blesse ou les écrase, combien sont coupables et peu dignes de pitié ces ouvriers, ces artisans sacrifiant le produit de leurs veilles, de leurs sueurs, à ces folles spéculations de numéros, à ces combinaisons chimériques semblables aux capricieuses lueurs qui, trompant le voyageur, l'attirent dans le précipice!... Mais c'est surtout quand ces joueurs entêtés sont pères de famille, quand le travail de leurs mains est l'unique soutien de leurs enfants, que la nature est révoltée et qu'elle accumule sur leur tête tous les châtiments qu'ils méritent, tous les fléaux de la malédiction céleste.

Bernard, tourneur en cuivre, et sa femme, habile couturière, jouissaient d'une honnête aisance que leur procuraient l'ordre et le travail. De là cette mutuelle confiance et cet accord précieux, ce bonheur domestique, premier trésor des classes même les plus élevées de la société. Deux enfants étaient nés de cette union si parfaite, un garçon nommé Prosper, et une fille appelée Louise. Allaités par leur mère, élevés sous les yeux de leurs parents, le frère et la sœur devenaient chaque jour plus intéressants; on remarquait surtout la tendresse qu'ils se portaient mutuellement; ils ne pouvaient être séparés un instant l'un de l'autre sans témoigner aussitôt le désir de se rejoindre. Un simple gâteau, le moindre joujou qu'ils recevaient de leur père ou de leur mère, devenaient une propriété commune. En un mot, on les citait comme le modèle le plus parfait de l'amour fraternel.

Tout prospérait dans ce bon ménage, l'un des plus heureux du faubourg Saint-Martin, lorsque madame Bernard fit connaissance d'une voisine nommée Hubert, femme d'un chamoiseur, homme d'un caractère ferme et ne s'occupant que de son travail. Cette voisine, dont l'imagination exaltée ne se contentait pas du gain que faisait son mari, désirait s'élever au-dessus de son état, qui jamais ne pourrait lui procurer qu'une honnête médiocrité. Elle s'était donc livrée en secret aux chances de la loterie, où elle espérait faire une fortune qui satisferait sa vanité. Plusieurs extraits déjà gagnés par elle l'avaient alléchée : mais, comme les besoins du ménage ne lui permettaient pas de faire des mises suffisantes pour poursuivre les numéros qu'elle avait en tête, elle résolut de proposer à madame Bernard de s'associer avec elle, en faisant luire à son imagination l'espoir ou plutôt la certitude de s'enrichir toutes les deux.

— Nous sortirons, lui disait-elle, de cette classe

obscure pour laquelle nous ne sommes point faites vous et moi; vous irez de pair avec les dames huppées du faubourg, dont vous êtes la couturière; bientôt on viendra solliciter votre pratique, et vous prendre mesure des robes dont il vous plaira de vous parer.

— Il est certain, lui répondait madame Bernard, que ce métier de couturière est bien fastidieux et quelquefois humiliant. Il faut être l'esclave de ces grosses bourgeoises qui veulent faire les dames de qualité, supporter leurs caprices, défaire vingt fois ce qu'elles ont commandé; passer des nuits pour satisfaire leur sotte coquetterie... c'est vraiment insupportable.

— Et que dirai-je donc, moi? reprenait la femme du chamoiseur. Etre sans cesse occupée à dégraisser des peaux de toute espèce, à les tordre, à les passer à l'huile; préparer la lessive de cendre et l'eau de potasse; allumer le séchoir et respirer l'odeur infecte du dégras qui tache les vêtements, noircit les mains, le visage; oh! c'est à n'y pas tenir... aussi j'emploie toutes nos économies à tenter la fortune, et je ne sais quoi me dit : Tu parviendras!

Cette conversation entre les deux voisines était ordinairement suivie d'une mise en commun de tout l'argent qu'elles avaient sur elles. Dès le jour même on l'employait à prendre des numéros à la loterie; ils produisaient quelquefois un extrait, quelquefois même un ambe, et l'on couvrait en partie les mises qu'on avait faites. Séductions funestes du hasard, qui se jouant ainsi de la crédulité des faibles humains, offre à leur imagination des trésors futurs qui cachent le précipice creusé sous leurs pas !

Bientôt en effet les deux voisines ne se bornèrent plus à sacrifier aux chances de la loterie ce qu'elles pouvaient économiser dans le ménage ; elles ne tardèrent pas à prélever sur les besoins ordinaires de la vie de quoi satisfaire leur folle passion. On prit, à l'insu du mari, le pain à crédit ; on convint avec le marchand de vin de ne le payer que tous les trois mois ; l'épicier, la fruitière et le cordonnier, furent ajournés de même ; et peu à peu l'on s'endetta de part et d'autre au point que les créanciers éclatèrent ; le tourneur en cuivre et le chamoiseur firent à leurs femmes de justes reproches ; et ce ne fut qu'après les promesses de renoncer pour jamais à cette manie dont elles reconnaissaient tout le danger, qu'elles parvinrent à regagner la confiance de leurs maris. Les enfants ne crièrent plus ; les besoins disparurent ; l'aisance revint par degrés, et avec elle cette douce concorde dont on avait joui si longtemps.

Mais, pour s'acquitter et remettre à flot sa petite barque, il fallut ramer sans relâche et redoubler de travail. Bernard s'y livra malheureusement avec tant de zèle et d'assiduité, que ses forces s'épuisèrent, sa santé s'altéra, et bientôt il mourut en rappelant à sa femme l'engagement sacré qu'elle avait pris de renoncer à la loterie, et en lui recommandant ses deux enfants.

L'aîné avait cinq ans environ, et la petite fille en avait quatre. Pauvres orphelins ! vous n'avez plus pour soutien que votre mère, très-habile sans doute dans son état, mais dont la tête, fermentant sans cesse et rêvant toujours un meilleur sort, vous fera peut-être éprouver bien des privations, bien des souffrances !

Hubert, également père de deux enfants, avait eu plus de caractère que feu son voisin : peu confiant dans les promesses de sa femme, il agit en homme prudent, en bon père de famille ; il ressaisit les cordons de la bourse ; et s'informant par lui-même si madame Hubert payait régulièrement tous les fournisseurs, il ne lui laissait plus que l'argent nécessaire pour la dépense du jour. Celle-ci le querellait quelquefois à ce sujet ; mais il était inexorable.

Madame Bernard, veuve et libre de toutes ses actions, conservait de son côté le souvenir de la promesse qu'elle avait faite à son époux : et les deux voisines furent quelque temps fidèles à leurs engagements. Toutefois, lorsqu'en parcourant le faubourg Saint-Martin elles apercevaient à l'un des bureaux de loterie qui se trouvait sur leur passage l'annonce d'un terne gagné, la liste des numéros sortis entourée de rubans, et faisant briller à tous les regards les faveurs de la fortune, aussitôt une vive altération se peignait sur la figure des deux prétendues réformées; un coup d'œil de regret et d'envie s'attachait sur cette pancarte séduisante, invention du démon tentateur; et un soupir qui s'exhalait semblait dire :

— Oh! si j'avais eu le bonheur de choisir ces numéros!

Un matin que les deux voisines se rencontrèrent chez le boulanger, l'une dit à l'autre :

— Il faut que je vous confie un rêve qui me frappe et me tourmente.

— Qu'est-ce donc, madame Hubert?

— J'ai rêvé cette nuit qu'ayant pris trois numéros au bureau du coin, j'avais gagné un terne produisant quarante-cinq mille francs.

— C'est singulier, voisine, j'ai fait à peu près le même rêve..... Et quels étaient vos numéros?

— 17, 26 et 53.

— Pas possible!... ce sont précisément ceux que j'ai rêvés.

— Plaisantez-vous ?

— Foi d'honnête femme!... 17, 26 et 53... Ils sont restés gravés trop profondément dans ma mémoire, pour que jamais je les oublie.

— Savez-vous bien, madame Bertrand, que c'est une véritable inspiration du ciel?

— Je le pense comme vous.

— Oh! si mon mari n'avait pas repris la bourse!

— Ne suis-je donc pas là?... Vous me remettrez cela quand vous pourrez. Il est impossible que nous ne répondions pas à cet appel de la fortune: et, comme vous le oites, c'est une inspiration du ciel... Combien mettrons-nous?

— J'ai rêvé que j'avais mis cinquante francs.

— Eh bien! ce sera vingt-cinq francs pour chacune. Je cours de ce pas au bureau prendre les trois numéros en question.

— Surtout, jouez les extraits : cela fait toujours une douceur.

— Laissez-moi faire.

La joueuse incurable, enchantée de trouver cette circonstance pour avoir la force de manquer au serment fait à son mari, court à perdre haleine exécuter ce qui vient d'être convenu ; elle dépose cinquante francs sur le bureau de loterie, savoir vingt francs sur le terne, et cinq francs sur chacun des trois ambes et des trois extraits; elle serre précieusement le billet dans son sein, le communique dès le lendemain à son associée, et l'on attend avec impatience le tirage de Paris, qui devait avoir lieu trois jours après. Dès le matin de cette journée tant désirée, madame Bernard, avant de lever ses deux petits enfants, criant déjà dans leur berceau, fait sentinelle au coin de la rue qu'elle habite, les yeux at-

tachés sur le bureau de loterie, où bientôt sont exposés les numéros sortants; aucun de ceux qu'elle
avait pris ne s'y trouvait inscrit. Elle va porter
cette fâcheuse nouvelle à madame Hubert, à l'insu
de son mari, sous prétexte de lui demander un léger
service de voisinage; celle-ci, loin d'être intimidée
par ce contre-temps, prétend que c'est une épreuve
de la Providence, et qu'il faut renouveler la mise
toute entière pour le prochain tirage; madame Bertrand est de son avis, et se charge d'en faire encore
les avances. Elle rentre donc chez elle, où ses deux
enfants, seuls et enfermés sous clef, poussent des
cris perçants; elle parvient à les faire cesser par des
moyens qui se ressentaient un peu de la contrariété
qu'elle éprouvait. Pauvres petits! les caprices du sort
rejailliront jusque sur vous!

Dix jours après arrive le nouveau tirage : même
exactitude, même empressement de madame Bernard, qui voit avec joie que le numéro 26 est sorti.
Elle court faire part de cet événement à sa voisine,
qui lui fait remarquer en passant que, tôt ou tard,
la persévérance est récompensée. Cet extrait pro-
duisait soixante-quinze francs, ce qui ne mettait plus
madame Bernard en avance que de vingt-cinq. On
poursuit donc encore les trois numéros, dont aucun
ne sort; on les renouvelle pour la quatrième fois, et
la fortune favorable accorde un ambe, qui produit
treize cent cinquante francs, ou six cent soixante-

quinze francs pour chacune des deux associées. Oh.
quelle ivresse! quel triomphe! et surtout quelle
confiance aux trois numéros! le moyen de ne pas les
nourrir avec fidélité!

Bientôt les treize cent cinquante francs retournè-
rent à la source funeste qui les avait produits. On
voulut continuer l'association, mais elle fut troublée
par la découverte qu'en fit le chamoiseur Hubert,
excellent homme quoique d'une brusquerie qu'il
portait quelquefois jusqu'à la brutalité. Il menaça
tout cordialement madame Bernard de la jeter à la
porte ou par les fenêtres, si jamais elle osait remettre les pieds chez sa femme, et força cette dernière
à vendre ses anneaux, ses pendants d'oreilles, et
jusqu'à ses meilleurs vêtements, pour acquitter les
avances faites pour elle par sa digne compagne.

— Je suis bien aise, ajoutait énergiquement Hubert, qu'en te voyant mal vêtue et dénuée de tout,
on puisse dire dans tout le quartier : *Voilà l'effet de
la loterie!* Ça servira de leçon aux femmes assez
folles pour y compromettre leur repos, leur honneur,
et aux maris assez sots pour le souffrir.

Comme le chamoiseur était un gaillard à ne pas
changer de résolution, et qu'il désirait, avant tout,
de bien élever ses enfants, il fallut se conformer à
ses volontés. Madame Hubert fut donc obligée de se
priver, à son très-grand dépit, de tout ce qui com-
posait sa parure le dimanche; et tandis que son fils

et sa fille étaient proprement vêtus, elle avait l'air, en les conduisant à l'église ou à la promenade, d'une pauvre bonne à qui l'on faisait la charité. Il en coû- tait beaucoup à son amour-propre, mais il fallait ex- pier ses fautes, et son mari n'eut pitié d'elle et ne lui remit de nouveaux vêtements que lorsqu'il eut acquis la certitude qu'elle avait entièrement rompu avec la joueuse incurable.

Madame Bernard, de son côté, ne fut pas tentée de continuer une liaison qui ne lui présentait plus au- cun espoir d'association, et l'exposerait aux vivaci- tés du chamoiseur ; elle changea même de demeure, et transporta son atelier de couturière dans la rue du Temple, près le boulevard, où elle prit un apparte- ment au second, bien résolue à se livrer entièrement à son état, à s'occuper de l'éducation de ses enfants, dont la figure expressive annonçait les plus heureu- ses dispositions. Il est de ces moments où la nature semble triompher des passions, et ramener à sa voix les cœurs les plus égarés. L'habile couturière ne tarda pas à se faire distinguer dans le nouveau quartier qu'elle habitait ; bientôt son établissement devint renommé, ses pratiques furent nombreuses et ses gains considérables ; elle retrouvait l'aisance, le bonheur, la considération publique, et tout semblait se réunir pour détruire à jamais cette passion de la loterie, qui déjà lui avait coûté tant de tourments et de sacrifices.

Mais ces trois fameux numéros 17, 26 et 53 ne pouvaient s'effacer de sa mémoire ; elle y songeait le jour, en rêvait la nuit : un instinct secret, irrésistible, l'excitait sans cesse à les poursuivre, et les lui montrait comme la source certaine d'une grande fortune ; le numéro 26 était déjà sorti : les 17 et 53 avaient produit un ambe ; tout faisait croire qu'ils sortiraient à la fois et formeraient un terne, qui, donnant cinq mille cinq cents fois la mise, réaliserait la révélation faite en songe d'un gain considérable et d'une belle position dans le monde. Tout fut donc sacrifié pour ne pas laisser échapper un seul tirage sans nourrir ces trois numéros d'une somme suffisante afin d'en assurer le produit. Chaque mise fut de cent francs pour le terne, et de quatre-vingt-dix francs pour les ambes, et les extraits à quinze francs chacun. Cette somme, renouvelée trois fois par mois, c'est-à-dire à chaque tirage de Paris, dépassait de beaucoup ce que pouvait produire le métier de couturière le mieux achalandé. Il s'écoula plus de six mois sans qu'un seul des trois numéros sortît de la roue. Madame Bernard fut obligée de vendre ses joyaux, une portion de ses vêtements et de son linge ; elle paya mal ses ouvrières, et peu à peu son établissement tomba. Le loyer devint trop cher, on se réfugia dans une chambre au cinquième étage, où l'on eût rougi de recevoir une pratique. Impossible alors de travailler pour son compte ; on se réduisit à faire l'ouvrage à la tâche, et quelquefois on en manquait. Les deux enfants, alors âgés de six à sept ans, exigeaient plus de dépense : leurs vêtements s'usaient, et pas moyen de leur en procurer d'autres. Le mobilier et les meilleurs effets s'en allaient chaque jour au bureau du Mont-de-Piété. En un mot, la joueuse obstinée tomba dans la plus profonde misère; mais elle la supportait avec courage et résignation, par la certitude où elle était qu'à telle époque, dont la révélation lui avait été faite en songe, les trois numéros sortiraient, et qu'avec de nouveaux sacrifices et des efforts de travail, faisant une dernière mise de quarante francs, on aurait un terne qui en produirait deux cent vingt mille.

Cette époque réparatrice de tant de maux et de privations était fixée, dans la tête de cette insensée, au deuxième tirage de janvier. Elle avait tout vendu, jusqu'aux chemises de ses deux enfants ; elle-même n'avait plus que celle qui couvrait à peine sa nudité.

— Du courage, mes chers petits! de la patience! leur disait-elle, quand ils s'écriaient qu'ils mouraient de faim; contentez-vous encore aujourd'hui de ce peu de nourriture, réchauffez-vous l'un contre l'autre sur votre grabat, demain vous aurez du pain frais et de la bonne chère; demain, vous coucherez sur des matelas et vous serez à l'abri du froid sous une bonne couverture. Les deux enfants, pleins de

confiance en leur mère, se taisaient ; et, après avoir
dévoré quelques restes qu'elle pouvait leur offrir,
ils s'endormaient dans la certitude qu'un meilleur
sort leur était réservé au réveil.

Enfin il arriva, ce jour si péniblement attendu,
c'était au milieu d'un hiver rigoureux ; et le modeste
poêle qui devait échauffer la chambre qu'habitaient
la mère et ses deux enfants n'ayant pas été allumé
depuis cinq jours, le froid y devenait excessif. Madame Bernard s'en aperçut la première ; car, ayant
vendu son coucher tout entier, et se trouvant réduite
à passer la nuit sur un sommier de vieille paille d'é-
curie que, par pitié, lui avait procuré le palefrenier
d'un hôtel du voisinage, elle eut de la peine à s'en-
dormir, et surtout à reprendre, en s'éveillant, l'u-
sage de ses sens engourdis par le froid ; mais l'espoir
d'un gain considérable la ranime, elle ne peut résister à son avide impatience, s'éloigne des deux ju-
meaux, qui sommeillent encore, les enferme sous
clef, gagne les boulevards et se rend à la grande
salle de l'administration de la loterie, rue de Rivoli,
au ministère des finances, où se fait tous les dix
jours le tirage de Paris. Les portes étaient encore
fermées : elles ne s'ouvrent ordinairement qu'à
neuf heures : elle s'assied sur les marches de l'hôtel,
où bientôt elle est environnée d'un grand nombre
d'intéressés et de curieux, comme elle, empressés de
connaître les nouveaux arrêtés du destin. Elle re-

marque dans cette foule les diverses impressions
qui se peignent sur tous les visages : les uns expriment la certitude d'un succès, les autres la crainte
d'une défaite ; ceux-là voudraient pouvoir retenir
les sommes qu'ils ont confiées à la roue de la fortune ; ceux-ci regrettent de n'avoir pas mis plus
d'argent sur tel ou tel numéro dont la sortie leur
paraît indubitable. Mais, parmi ces numéros qui
présentent la chance la plus heureuse, aucun ne
nomme les 17, 26 et 53, que madame Bernard tient
cachés dans son sein, et sur lesquels son espoir est
porté jusqu'à la certitude. Elle sourit en secret de
toutes les probabilités qu'elle entend répéter, et
n'échangerait pas contre elle la chance qu'elle
a rêvée et qu'elle poursuit depuis plus de deux
ans.

Enfin les portes s'ouvrent : la salle est envahie
par une foule innombrable, et les administrateurs
prennent place au bureau. L'enfant qu'on vient de
choisir parmi ceux que fournit l'hospice des orphelins, est amené, les yeux bandés et les mains gan-
tées. La roue, par plusieurs tours en sens divers,
mêle et confond les quatre-vingt-dix chances qu'elle
renferme. Chaque joueur, sur la pointe des pieds et
le cou tendu, respire à peine : le plus grand silence
règne de toutes parts. L'enfant avance sa main, que
seul dirige le hasard, et tire le numéro 16.

— J'ai un extrait, disent quelques personnes qui

sont auprès de madame Bernard. L'enfant tire ensuite le numéro 25.

— J'ai un ambe! répètent plusieurs assistants; et
la joueuse, toujours aveuglée, se dit tout bas avec
sécurité :

— Mes numéros sortiront les derniers.

L'enfant choisit le troisième, et l'on proclame à
haute voix le 52.

— Ciel! se dit madame Bernard, je n'aurai qu'un
ambe..... il pourra du moins me tirer de la misère.

On procède au quatrième tirage, qui produit le
numéro 27.

— Grand dieux! je n'aurai qu'un extrait!...

Enfin le cinquième et dernier numéro paraît, c'est
le 54...

L'infortunée pousse un cri lamentable et tombe
évanouie aux pieds des personnes qui l'environnent.
Les uns la relèvent et la plaignent; les autres sont
enchantés de la voir comme eux déçus dans son attente. De toutes parts se font entendre les murmu-
res, les imprécations. A côté de quelques privilégiés
qui gagnent un ambe, un extrait, et parmi lesquels
il s'en trouve un par hasard qui vient d'obtenir un
terne, sont un nombre considérable de joueurs dés-
appointés qui se retirent mornes, abattus, et vont
reporter dans leurs familles éplorées l'annonce de
leur ruine complète et de leur désespoir.

Cependant l'infortunée a repris ses sens, et, reportant ses regards égarés sur le billet qu'elle a tiré de son sein, elle remarque avec un nouveau trouble à quel point le hasard semble se jouer de sa crédulité, puisque les cinq numéros sortis touchent d'aussi près à ceux qu'elle poursuivait depuis si longtemps. Rêve fatal! coupable persévérance! passion funeste! La voilà donc sans aucune ressource, et deux enfants sur les bras! Encore s'ils étaient vêtus, s'il lui restait de quoi leur donner du pain! Hélas! ils n'en ont eu qu'une bien faible portion la veille, et toute la matinée s'est écoulée sans qu'ils aient pris la moindre nourriture. Ils sont si charmants l'un et l'autre, et leur pauvre père les avait tant recommandés en expirant!... Ce fut au milieu de ces pensées accablantes, de ces remords incessants, que madame Bernard reprit le chemin de sa demeure, se déterminant à mendier dans le voisinage, pour donner à ses chers petits de quoi les restaurer. Le trajet de l'hôtel du ministère au faubourg Saint-Martin est bien long, et la marche incertaine de la malheureuse mère, accablée de douleur, la rendait plus pénible encore. Les boulevards, dont elle parcourut la majeure partie, étaient couverts de neige et de frimas. On eût dit tous les éléments déchaînés contre elle.

Enfin, elle arrive à la porte de sa demeure, la figure abattue et l'œil hagard, encore à jeun et tran-

sie de froid, n'ayant plus sur elle que les vêtements
nécessaires pour se montrer en public. Elle apprend
par des voisins que ses enfants ont bien crié dans
son absence, et que leurs cris diminuant par degrés,
semblaient être ceux de la souffrance et du besoin.
Elle ouvre sa porte avec précipitation, et trouve ces
deux innocentes créatures étendues l'une sur l'autre
sans mouvement. Le frère et la sœur se tenaient encore par la main, et leur grabat, renversé tout près
d'eux, indiquait qu'ils avaient été saisis par le froid.
Leur mère les prend dans ses bras et veut les ré-
chauffer sur son sein. Elle s'écrie d'une voix délirante :

— Prosper!... Louise!... Mes chers enfants, ah!
que je vous réchauffe de mes baisers, de mon haleine! Ouvrez les yeux!... Répondez à ma voix!...
Mon fils!... Ma fille!... Quoi! pas un regard! pas un
signe de vie!... Ah! mon Dieu, mon Dieu, protégez-
les! ayez pitié de moi!...

Elle appelle au secours d'une voix déchirante;
les personnes qui habitent le plus près d'elle accou-
rent, effrayées; de ce nombre est un habile médecin qui occupe le second. Il examine les deux ju-
meaux, et fait signe aux voisins qui l'accompagnent
d'éloigner leur mère. Celle-ci ne veut pas les abandonner, et persiste à vouloir les ranimer dans ses bras.

— C'est inutile, dit le docteur célèbre, vos enfants n'existent plus.

Ce nouveau coup de foudre anéantit la coupable mère : elle reconnaît alors, mais trop tard, que ces deux êtres charmants, n'ayant pas mangé depuis près de vingt-quatre heures, et ne pouvant se préserver de la saison rigoureuse sous le peu de haillons dont ils étaient couverts, ont expiré de froid et de faim. Oh! quels remords affreux déchirent le cœur de cette infortunée! Quel bouleversement dans tout son être! Il fallut l'arracher de force de ces innocentes victimes, dont l'aspect inspirait la commisération la plus vive et mouillait tous les yeux de larmes.

— Ainsi donc, s'écrie-t-elle avec l'accent du désespoir, j'ai causé la mort du meilleur des maris par excès de travail; et ses enfants, qu'il m'avait tant recommandés, je les ai réduits à mourir de misère... Ah! je suis une misérable qui ne mérite plus ni la pitié des hommes ni la miséricorde de Dieu.

Dès ce moment, sa raison s'aliéna : sans cesse elle croyait voir le père et les enfants qui l'entouraient; elle s'imaginait entendre leurs cris, leurs plaintes, leurs reproches amers. Elle passait tour à tour de la terreur à un rire convulsif, de l'attendrissement à la fureur. Sans asile et dénuée de tout, elle fut conduite dans un hospice, où l'on essaya vainement de calmer sa fièvre délirante, et bientôt on l'enferma dans un des cabanons de la Salpêtrière, où elle

existe encore aujourd'hui, les yeux étincelants de
rage, le corps tout meurtri et presque nu; tantôt
cramponnée aux barreaux de fer de sa prison, tantôt
étendue sur des planches couvertes de fange, et répétant avec un sourire épouvantable les trois numéros, que, dans sa folie, elle désigne toujours
comme la source de l'opulence qu'elle croit enfin
posséder.

Spectacle horrible, mais exemplaire, pour les femmes des artisans, et surtout pour les mères de famille qui ne craignent pas de sacrifier à la manie la
plus insensée, à l'ambition la plus dénuée d'espérance et de probabilité, en un mot, à la passion des
jeux de hasard, un sort tranquille, un heureux avenir, l'estime publique, la confiance de leurs maris et
l'existence de leurs enfants.

LA TIREUSE DE CARTES.

La fourberie et l'audace ont spéculé dans tous les
temps sur la crédulité du peuple. Mais, parmi les
intrigants nombreux qui, chaque jour, abusent de sa

bonne foi, il n'en est point de plus nuisible à son
repos, à son bonheur, que ces prétendus sorciers,
ces astrologues, ces nécromanciens et ces diseurs de
bonne aventure, qui trafiquent de fausses révéla-
tions, d'emblèmes trompeurs, de signes magiques et
du jeu des constellations, pour effrayer les âmes ti-
mides, flatter les passions, servir des intérêts parti-
culiers, et jeter souvent dans les meilleurs ménages
des troubles et des divisions.

Cette secte dangereuse, qui presque toujours agit
dans l'ombre, remonte aux temps les plus reculés.
C'est principalement sur les femmes que son art
mensonger exerce un grand empire. Curieuses par
instinct, inquiètes sur leurs affections, elles courent
sans réfléchir au-devant de tout ce qui peut les tour-
menter; elles semblent provoquer le destin sur ses
arrêts; elles veulent percer les mystères de l'avenir,
s'imaginent en prévenir les rigueurs ou les faire
tourner à leur avantage. Aussi, voit-on la mère de
famille et la timide adolescente fréquenter l'asile
mystique et solitaire de ces tireuses de cartes, qui,
par des questions adroites, insidieuses, pénètrent
jusque dans les derniers replis du cœur humain, et
lui font éprouver tout à tour ces sensations de
crainte et d'espoir, d'abattement et de courage, de
châtiment et de récompense, qui bouleversent les
idées, font naître des illusions dont bientôt on reconnaît le vain prestige et l'étrange fausseté. Mais

tant que le voile n'est pas déchiré, l'esprit, dupe de l'imagination, n'est jamais en repos : ce désir insensé de connaître sa destinée devient un besoin de tous les instants, une soif ardente, insatiable ; et, pour la satisfaire on sacrifierait tout ce qu'on possède, on se voue au ridicule, on compromet son repos et sa réputation.

C'est dans les faubourgs de Paris qu'habitent ordinairement ces sibylles modernes, ces tireuses de cartes, véritables sangsues des petits ménages, sur lesquels on les voit exercer chaque jour un monopole révoltant. Elles habitent presque toujours un endroit isolé qu'elles ornent de tout ce qui peut frapper l'imagination et donner une haute idée de l'art qu'elles professent. Là, c'est Daniel, ce jeune prince de Juda, conduit comme esclave devant Nabuchodonosor, et sauvant ses malheureux compagnons jetés dans une fournaise ardente. Ici, l'on voit Joseph, qui, expliquant le songe de Pharaon, et lui prédisant les sept années de disette, sauva l'Egypte des horreurs de la famine. A côté de ces tableaux, pris dans l'histoire sainte, sont des portraits et les actions les plus remarquables d'*Albert le Grand*, célèbre alchimiste, parvenu, dit-on, à faire une tête d'airain qui répondait à toutes les questions qu'on lui adressait ; de *Nostradamus*, fameux astronome, tirant l'horoscope des rois, prédisant les mouvements du ciel et les grands événements de la

terre, de *Cagliostro* et de la belle *Lorenza*, sa femme,
exerçant dans les différentes cours de l'Europe, et
surtout en France, les secrets de la magie ; de *Mes-*
mer, enchaînant à son baquet magnétique les plus
grands personnages de Paris ; enfin de cette fameuse
nécromancienne qui, de nos jours, a le talent et le
pouvoir d'attirer autour d'elle un grand nombre de
badauds de tous les rangs, de tous les sexes, de tous
les âges, et, nouvelle pythonisse, de rendre des oracles en consultant ses cartes, son marc de café et ses
blancs d'œufs. Manœuvre inouïe qu'alimentent la
sottise et les plus ridicules passions ! Jonglerie in-
croyable, qui n'a pour but que de lever un tribut sur
les crédules initiés, et de laquelle on ne saurait trop
rire pour en préserver ceux qui seraient tentés de les
imiter.

Parmi les tireuses de cartes les plus en vogue
dans la capitale, était madame Albert, Languedo-
cienne, âgée de cinquante ans, d'une taille imposante, au teint hâve, au cou long et décharné, au
regard fauve, aux mains crochues, et dont la voix
aigre était d'une volubilité remarquable. Elle demeurait au milieu du faubourg du Temple, au fond
d'une allée noire conduisant à un petit pavillon où
l'on abordait par un double escalier. Les curieux
qui arrivaient montaient à droite ; les dupes en sortant, descendaient à gauche. L'imposante magicienne était toujours vêtue de noir, à l'ancienne

mode ; elle portait sur la poitrine une grande plaque
où se trouvaient gravés des hiéroglyphes égyptiens ; à
ses oreilles, des anneaux d'or formés d'un serpent
qui se mord la queue ; sur la tête, une toque de velours râpé, relevée de côté par une agrafe composée d'une seule pierre noire qu'elle prétendait être
un fragment de pierre philosophale découverte par
le *grand Albert*, son ancêtre. Une double porte, garnie en fer et de deux gros verrous, défendait l'entrée du lieu mystérieux où elle proclamait ses oracles.

Elle ne recevait jamais personne le samedi, jour
de sabbat, fêté régulièrement par tous les sorciers :
elle allait dès le matin promener ses rêveries et faire
des évocations dans les divers cimetières de Paris,
rentrait, tenant à la main des simples et des fleurs
funéraires, affectant un grand recueillement, et donnait à entendre qu'elle n'avait pris que le peu de
nourriture indispensable à son existence ; tandis que,
à la barrière, elle avait été faire un excellent dîner,
et boire une ou deux bouteilles de champagne à la
santé de ses nombreux chalands.

Désirant toutefois se couvrir d'un voile impénétrable, et qui pût commander le respect, la confiance, elle portait des secours aux pauvres gens du
quartier que la misère ou la maladie retenait dans
leurs greniers. Elle ranimait leurs forces, leur courage, par des prédictions flatteuses, et laissait tou-

La jambe cassée (page 105)

jours une pièce d'argent pour apaiser les plus pressants besoins. On ne parlait dans le faubourg que de madame Albert. Consultée par tous ceux qui l'accostaient dans la rue, elle annonçait à une tendre mère le retour de son fils, conscrit et parti depuis deux ans; à un vieux goutteux, sa guérison aux premiers jours du printemps; à une jeune femme enceinte un heureux accouchement; et la rusée prophétesse recevait alors des remercîments et des félicitations qui doublaient sa renommée, augmentaient son crédit.

Tous ces oracles étaient rendus gratis, et répandus avec adresse parmi le peuple. Ce n'était qu'en venant consulter la devineresse chez elle, à l'heure qu'elle avait indiquée, qu'on devait satisfaire à la rétribution d'usage, fixée à la modique somme de vingt sous pour le petit jeu ordinaire et à trois francs pour le petit jeu : celui-ci, composé de cinquante-six cartons remplis de signes allégoriques, de figures variées, de lettres hébraïques, où se trouvait écrite la destinée de tout mortel qui avait l'audace d'en provoquer les arrêts. Rien n'était à la fois plus curieux et plus plaisant, que de voir tel ou tel chaland pâlir et frissonner en coupant de la main gauche les cartes présentées par madame Albert; tel autre donner en tremblant une mèche de ses cheveux, un bout de sa jarretière, présenter le creux de sa main, faire compter les pulsations de sa veine ju-

gulaire et le nombre des battements de son cœur.
Mais c'était surtout quand il fallait se regarder dans
le miroir magique, où le teint devenait vert, l'œil
hagard, le nez écrasé, le menton saillant et la bouche fendue jusqu'aux oreilles, qu'on éprouvait une
secrète terreur; on tremblait de rester ainsi défiguré,
pour le juste châtiment de ses fautes. Oh! quel retour on faisait alors sur soi-même! Heureusement le
fatal miroir faisait volte-face, et l'on se retrouvait
avec ses traits naturels, qui semblaient même avoir
acquis plus de fraîcheur et de délicatesse.

On concevra facilement qu'avec tant d'adresse et
de jongleries la tireuse de cartes avait acquis une
haute réputation dans le faubourg du Temple, faubourg d'autant plus favorable à sa profession qu'il
conduit à la barrière de Belleville, où sont les guinguettes les plus renommées de la capitale, ce qui,
chaque dimanche, et souvent le lundi, procurait
d'abondantes recettes. Mais le fonds du commerce
était composé des habitués du quartier; il ne
laissaient pas s'écouler une semaine sans venir consulter le grand jeu de la magicienne. Parmi les femmes du peuple qui fréquentaient le plus souvent
l'antre renommé de la sibylle était madame Morin,
femme d'un cordonnier et mère d'une jeune fille
nommée Alphonsine, âgée de seize ans et d'une figure agréable. Morin, habile ouvrier et le meilleur
des hommes, n'était occupé qu'à satisfaire ses nom-

breuses pratiques, et à thésauriser de quoi former
une dot à sa fille, le charme de sa vie, l'espoir de sa
vieillesse. Madame Morin s'était farci la tête d'un grand
nombre de romans et de la lecture de certains livres
de magie ; aussi avait-elle sur sa fille les plus hautes
prétentions et l'espoir de lui faire faire un mariage
qui la sortirait de la classe plébéienne où elle était née.
Alphonsine, dirigée par sa mère, partageait ses folles illusions et prenait un ton, des manières, un langage qui prouvaient clairement qu'elle n'accorde-
rait sa main qu'à celui qui pourrait l'élever à un
rang digne de l'éducation qu'elle avait reçue.

La mère et la fille étaient maintenues dans ces
idées ambitieuses par une prédiction de la tireuse
de cartes, annonçant qu'Alphonsine contracterait le
mariage le plus avantageux. Elle allait souvent
avec sa mère consulter le jeu de madame Albert ; et
celle-ci avait remarqué très-distinctement que la
dame de cœur, emblème parlant de la jeune fille,
était presque toujours entourée du valet de trèfle et
du valet de pique : cela prouvait de la manière la
plus évidente que mademoiselle Morin serait courti-
sée par deux jeunes gens de haute bourgeoisie,
peut-être même de la noblesse, tous les deux bruns,
d'une taille avantageuse et de la plus intéressante
figure ; mais il était encore impossible de désigner
lequel des deux lui ferait l'offre de sa main. Ces
renseignements avaient exigé bien des consultations,

car l'avenir est couvert d'un voile qu'il n'est pas toujours permis de soulever; aussi en avait-il coûté à la femme du cordonnier le prix d'un grand nombre de paire de souliers pour arriver à cette importante découverte.

Voilà donc Alphonsine bien convaincue qu'elle a déjà fait ou qu'elle doit faire la conquête de deux beaux jeunes bruns, qui se disputeront le bonheur de l'épouser..... Mais quel sera celui des deux? à quelle famille peut-il appartenir? De quel âge est-il? quels sont ses goûts, ses penchants, son caractère? Est-il dans le commerce, dans l'épée ou dans la robe? Habite-t-il Paris ou la province?... Toutes ces questions furent adressées à l'habile magicienne, qui, ne pouvant répondre qu'à une seule par chaque visite qu'on lui faisait, reçut encore de nombreux tributs, toujours à l'insu du père Morin, dont ils diminuaient chaque jour les économies. Plein de confiance dans sa femme, et trop constamment occupé de son travail pour songer à régler les dépenses du ménage, il redoublait de zèle et d'assiduité pour doter convenablement Alphonsine, dont il ignorait l'espoir ambitieux; il projetait tout simplement de l'unir à un bon ouvrier de sa profession, qui ferait son bonheur, comme lui-même depuis vingt ans faisait celui de sa femme.

Cependant il s'était aperçu que sa fille faisait à tous les cordonniers un accueil sec et même repous-

sant; c'était surtout envers les blonds que la belle
indifférente se montrait plus dédaigneuse : aucun ne
pouvait obtenir la faveur d'un regard, d'une parole. Ce fut au point que Morin s'en aperçut, et ne
put s'empêcher de faire à sa fille les remontrances
d'un homme de bon sens. Celle-ci ne lui répondit
que par un sourire, et madame Morin, haussant les
épaules, disait à son mari qu'il n'y entendait
rien.

— Et pourquoi donc, reprenait cet excellent
homme, avoir de pareilles manies, de semblables
aversions?

— Oh! mon père, ne me parlez pas des blonds : je
ne puis les souffrir!

— Que t'ont-ils donc fait? J'étais blond, moi, dans
ma jeunesse, et je puis dire, sans me vanter, que
j'en valais bien un autre...

— Oh! tu étais blond tirant sur le châtain, répondait madame Morin avec embarras. C'est que, vois-
tu, cher homme, Alphonsine, en dansant, il y a
quelque temps, eut sa jolie robe de mousseline anglaise déchirée par un blond, qui lui rit au nez.....
L'autre jour, en descendant les escaliers de l'Am-
bigu, elle reçut sur son dos un autre imbécile d'un
blond foncé, qui venait de trébucher, et lui fit
une telle frayeur, que la pauvre enfant s'ima-
gina être au pouvoir d'un des brigands du mélo-
drame.

Morin ne put s'empêcher de rire des raisons allé-
guées par sa femme, et, persistant dans son système,
il soutint que de simples événements produits par
le hasard ne pouvaient faire loi, et qu'une jeune
fille était presque toujours dupe de ses dédains et de
ses sottes préférences. Alphonsine reconnut bientôt
cette vérité : tous les jeunes gens de sa classe la regar-
dèrent comme une sotte gâtée par ses parents; aucun d'eux ne lui fit la moindre prévenance, la plus
simple politesse, et ce fut en vain qu'elle attendit
les hommages des deux bruns annoncés par la devineresse. On retourne donc la consulter : le grand
jeu, si fécond en prédictions, est mis en œuvre trois
fois de suite ; enfin, lorsqu'elle est parvenue à épui-
ser toutes ses évocations, elle s'aperçoit que la dame
de cœur n'a plus à ses côtés que le valet de trèfle; à
la place du valet de pique est la dame de trèfle, emblème de madame Morin.

— Enfin, s'écrie-t-elle avec emphase, les ombres
se dissipent, la magie s'opère et la vérité luit ! Le
valet de pique n'était qu'un intrigant, et la surveil-
lance d'une tendre mère, qui a pris sa place, l'a
forcé de se retirer. Il ne reste plus que ce charmant
et fidèle valet de trèfle.

— Et quel est-il ? demande vivement celle-ci.

— Attendez, chère enfant, que je consulte encore... Oui... non... cependant, sans doute, c'est
cela même : votre prétendu, ma chère, est un jeune

élève en chirurgie... non, non, un jeune bachelier,
au moment d'être avocat..... beau brun de vingt-
trois ans, aux yeux bleus, cheveux bouclés et favoris se réunissant sous le menton.. Il vous a vue à la
salle de spectacle de Belleville, où l'on jouait..,....
Eh bien! ce fut là que mon valet de trèfle, je
veux dire que le jeune bachelier, fils de riches parents, résolut de vous épouser. Ce neuf de pique et
cet as de trèfle annoncent bien quelques obstacles de
sa famille à votre mariage, mais ce neuf de cœur
indique en même temps qu'il en triomphera et de-
viendra votre époux.

Une pareille prédiction fut récompensée comme
elle méritait de l'être, et la jeune présomptueuse,
entièrement convaincue du sort brillant qui l'attendait, devint plus indifférente encore et plus dédaigneuse pour tous les jeunes ouvriers ou fils d'artisans qui pouvaient la demander en mariage.

On attendit, toutefois, que le jeune bachelier se
présentât ; et comme l'attente était vaine, on retournait chez madame Albert ; elle consultait de nouveau ses cartes emblématiques, et prétendait y lire
que le jeune futur époux combattait encore les obstacles apportés par sa famille ; il espérait les sur-
monter, et aussitôt viendrait déposer aux pieds d'Alphonsine l'offre de sa main.

Plusieurs mois se passèrent dans cette cruelle attente. Enfin tous les tours de passe-passe de ma-

dame Albert furent mis au grand jour. La tireuse de
cartes avait troublé bien des ménages, ruiné des familles entières : sa fuite offrait une grande leçon à
ceux qui veulent approfondir les secrets impénétra-
bles de la Providence. Madame Morin fut à jamais
guérie du besoin de connaître sa bonne ou mauvaise
aventure ; elle parvint, par son économie et par ses
privations personnelles, à réparer le déficit qu'elle
avait causé dans sa maison. Alphonsine, revenue de
ses visions, s'empressa d'épouser un simple artisan,
qui fit son bonheur sans le secours de la magie ; et
lorsque, dans le faubourg du Temple, on veut désigner à la fois une intrigante s'immisçant dans les secrets des ménages, une menteuse éhontée osant promettre au nom de Dieu et menacer au nom du diable, en un mot une fourbe audacieuse trafiquant de
la confiance des esprits crédules et riant en secret
des curieux et des sots pris dans ses filets, on nomme
encore aujourd'hui madame Albert, la *tireuse de
cartes*.

LA JAMBE CASSÉE.

On rencontre chez les hommes de peine des traits de dévouement et de générosité dont s'enorgueilliraient les personnes des plus hauts rangs de la société. Ils ne reçoivent les éloges que mérite une bonne action qu'avec cette naïve indifférence qui ne conçoit pas qu'on puisse tirer vanité de ce qui n'est à leurs yeux qu'une obligation civique, indispensable, qu'une mise en commun de tous ceux qui ont besoin les uns des autres.

Jacques Béfour, Auvergnat d'origine et porteur d'eau, habitait, avec sa femme et cinq petits enfants, une mansarde de la rue d'Argenteuil. Il y jouissait de la réputation d'un homme de bien et d'un excellent père de famille. Après avoir traîné le tonneau la majeure partie de la journée, avoir monté, ses deux seaux à la main, plus de quatre-vingts étages pour fournir d'eau ses nombreuses pratiques, il revenait chez lui couvert de sueur, accablé de fatigue; mais soudain la figure fraîche et riante de sa femme, qui lui servait un repas substantiel, les tendres caresses de ses enfants, et la vue du petit magot amassé avec tant de peine et grossissant chaque jour, l'ordre et la propreté qui régnaient dans son humble ménage ; enfin ce plaisir inexprimable de pouvoir se dire :

— J' suis l'unique soutien de ma famille!... l'excellente femme que j' rendons heureuse m' paye de retour par ses soins, sa tendresse et son économie... j' sommes-z-en un mot dans une modeste aisance, et classé parmi l'-z-honnêtes gens du quartier...

Tout cela rafraîchissait le sang de Jacques, et lui faisait éprouver cette satisfaction intérieure, cette véritable dignité d'homme qu'ignorent bien souvent ceux que favorise la fortune, et dont le porteur d'eau, tout en fredonnant la petite chanson du pays, allait humblement remplir la fontaine ou le réservoir : tant il est vrai que la Providence attache à toutes les classes du peuple des jouissances, des dédommagements et des consolations.

Jacques Béfour, quoique simple porteur d'eau, pouvait donc compter parmi les heureux de la terre, puisque, satisfait de son sort, il n'enviait celui de personne. Rien ne manquait à sa félicité, et tout semblait annoncer que cette félicité serait durable, puisqu'elle était basée sur l'habitude du travail, la force du corps et le plus heureux naturel.

Mais, hélas! il ne faut qu'une circonstance, qu'un seul moment, pour troubler tout-à-coup le sort le plus paisible et jeter une famille entière dans la désolation. Un hiver rigoureux couvrait depuis deux mois entiers les rues de Paris de neige et de glaçons. Parmi les ouvriers à qui ce fléau portait le plus grand préjudice, étaient les pauvres porteurs d'eau; leurs tonneaux ne pouvaient rouler qu'à force de bras, et la Seine, prise dans toute sa surface, ne laissait d'autre ressource que les fontaines, encore ne fournissaient-elles alors qu'un mince filet d'eau qu'on se disputait, et il fallait du temps et de la patience pour obtenir de quoi satisfaire les pratiques les plus pressées. Le travail était plus que doublé par tous les obstacles qu'il fallait vaincre, et les profits diminuaient chaque jour dans une proportion désespérante. Béfour avait cessé de se réconforter chaque matin du demi-litre, et sa fidèle compagne, confiant momentanément le soin de ses enfants à la portière de la maison qu'elle habitait, s'attelait au tonneau, à côté de son cher Jacques, pour le soulager dans sa peine et l'aider à servir les personnes du quartier dont il avait la confiance. Attelage touchant, et qu'on rencontre souvent dans Paris! Précieux combat d'efforts et de courage, où la femme est heureuse et fière de soulager son mari; où celui-ci emploie toutes ses forces pour ménager celles de sa compagne. Oh! combien vous resserrez le lien conjugal! combien vous rendez forte, indissoluble, cette union fidèle qui semble confondre deux êtres dans un seul!

Béfour et sa femme, tous les deux attelés au tonneau, gravissaient, non sans des efforts inouïs, le
coin de la rue Saint-Honoré attenant à celle des
Frondeurs, dont la pente est rapide. Ils venaient de
s'arrêter devant la demeure d'une de leurs pratiques, et l'infatigable Jacques, la bricole sur les
épaules, se disposait à monter sa voie d'eau au quatrième étage d'un escalier étroit et obscur, lorsqu'il
entend tout-à-coup pousser des cris de frayeur; il se
retourne, et aperçoit un enfant de six à sept ans qui,
traversant la rue pour aller d'une boutique à une
autre, avait glissé sur le verglas et n'était plus qu'à
peu de distance d'une citadine dont le cocher faisait
de vains efforts pour retenir ses chevaux, entraînés
par la descente. Jacques s'élance avec la rapidité de
l'éclair, saisi l'enfant et le met à l'écart; mais s'em-
barrassant lui-même dans sa bricole, il tombe sur le
pavé couvert de glace, et l'une des roues de la voiture lui passe sur le corps. Le désespoir et les gémis-
sements de sa femme attirent tous les passants: on
relève le pauvre blessé, on le fait entrer dans une
boutique, où l'on s'aperçoit que sa jambe droite est
cassée en deux endroits.

La cause de ce funeste accident est si respectable,
que chacun s'empresse de secourir ce malheureux et
de consoler sa femme, éperdue de saisissement et
de douleur. Un tapissier fournit un brancard, et deux
commissionnaires du coin transportent Béfour à sa

demeure, vers le milieu de la rue d'Argenteuil. Heureusement habite tout près de là un des chirurgiens les plus renommés de Paris : on court implorer son assistance! il remet à l'instant même la jambe du pauvre blessé, mais il lui annonce qu'il en a pour six semaines ou deux mois à rester sur le grabat sans pouvoir se permettre le moindre mouvement.

— Deux mois, s'écrie le porteur d'eau; et mes pratiques? qui est-ce qui les fournira?

— N' t'inquièt' pas, Jacques, lui dit sa femme en essuyant ses larmes : j'ons pris auprès d' toi l'habitude du métier; j' payerons un homme de peine qu' j'attel'rons à ta place auprès de moi, et, par ainsi, Dieu nous f'ra la grâce de conserver nos pratiques.

— Qué qu' vous dites donc là, payse?..... s'écrie en entrant un des porteurs d'eau du quartier, nommé Jean-Pierre, qui venait d'être instruit du cruel accident de Béfour. C'est pour obéir au cri d' l'humanité qu' vot' homme s' trouve pincé d' la sorte : eh ben! faut qu' l'humanité vienne à son s'cours; entre nous aut', c'est-z-un prêté pour un rendu..... Allons, r'mettez-vous! n' pleurez plus surtout, ça n' sert-z-à-rien; donnez-lui tous vos soins, d'meurez tranquille... sous deux heures j' suis à vous.

Il disparaît à ces mots, et laisse Béfour et sa femme commenter ensemble sur ce qu'il vient de dire.

— I' sont capables, dit Jacques, d' boursiller entre eux pour venir à mon s'cours ; ça m' coût'rait
d'accepter, car je n' sommes pas habitués à c' qu'on
nous fasse la charité.

— Qu' veux-tu, not' homme? ce sont des pays ; on
peut r'cevoir d'eux sans rougir : et puis, comme l'
disait Jean-Pierre tout à l'heure, c'est-z-un prêté
pour un rendu.

— Oh ! c' n'est pas l'embarras, j'en ai aidé plus
d'un dans ma vie.

— Eh ben ! i' t'aideront-z-à leur tour, partant
quitte.

— C'est ça, not' femme ; quoiqu'ça, j' m'aperçois
qu'il est diablement plus avantageux de donner
qu' de r'cevoir; mais faut bien céder-z-aux coups du
sort.

Comme il achevait ces paroles, entrent tout-à-
coup Frémont et sa femme, père et mère de l'enfant
qu'il avait sauvé, et qu'ils amenaient avec eux, pour
témoigner à ce brave homme toute leur reconnaissance et la part qu'ils prenaient à ce cruel événement.

— Qu' voulez-vous? leur dit Jacques, c' qui est
fait-z-est fait. J'aime encore mieux avoir la jambe
cassée qu' d'avoir vu c' cher enfant écrasé sous mes
yeux... Viens m'embrasser, mon p'tit, ça m' récon-
fort'ra.

— J'entends, dit sa mère, qu' votre femme me

permettra de vous soigner dans son absence ; je n'
sommes que d' pauvres gens, d' simples marchands
fruitiers nouvellement établis ; mais j'ons bon cœur,
et jamais j' n'oublierons c' que vous avez fait pour
nous.

— J'entends aussi, dit Frémont en serrant une des
mains de Béfour, j'entends qu' vous m' permettiez
d' partager avec vous not' gain d' la journée, jusqu'à
c' que vous soyez sur pied : j'en s'vons quittes,
ma femme et moi, pour redoubler d' zèle et d' travail.

— Quiens, c' t' autre, répond Jacques, qui s'ima-
gine comme ça qu' je m' substanterai d' sa sueur et
d' ses veilles ! Oh ! j' pouvons nous soigner, Dieu
merci ! et d'ici qu' j'ayons épuisé c' que Jeannette
et moi j'avons amassé d'puis neuf ans... Dame, c'est
quand i' nous arrive comme ça queuque taloche
qu'on sent le prix d' l'économie... Tout c' qui m'occupe, c'est la crainte d' perdre mes pratiques : on
tient à son monde, on a ses habitudes.

En ce moment reparaît Jean-Pierre, accompagné
de plusieurs de ses camarades, la bricole sur le dos
et tout essoufflés d'avoir monté rapidement les cinq
étages de la mansarde de Béfour.

— Tu nous vois en députation, lui dit l'orateur de
la bande, et j' venons, comme députés des porteurs
d'eau de l'arrondissement, t' signifier qu' dès d'main
l'un d' nous servira tes pratiques : c'est moi que l'

sort vient d' désigner l' premier ; j'ons la main heureuse..... Après-d'main ce s'ra Jérôme, dans trois
jours Bastien ; et par ainsi chacun d' nous pendant-z-
un mois, car j' sommes trente ; et, au bout de c'
temps-là, je r'commencerons de plus belle, jusqu'à
ce que tu sois gaillard et dispos. Ça f'ra pour chacun une bagatelle d' deux ou trois jours de travail
dont j' te rapport'rons l' soir ben fidèlement l' produit, tu peux en être sûr... I' n' s'ra pas dit qu'un
de nos camarades perdra la moindre pratique pour
avoir sauvé la vie-z-à un enfant ; l'-z-Auvergnats
sont trop jaloux d' la réputation qui-z-ont dans Paris pour souffrir qu' l'un d'eux, quand il est victime
de c't élan du cœur... de c' dévouement naturel.....
qui fait que... parc' qu'enfin... Je n' sais plus c' que
j' dis ; mais c'est égal, touche-là, Jacques ! et compte
sur nous jusqu'à ton entier rétablissement.

Béfour voulut répondre ; mais la vive émotion
qu'il éprouvait ne lui permit d'abord de s'exprimer
que par de vigoureux serrements de main. Toutefois,
retrouvant la parole, il s'écria :

— Je r'connais ben là l' z-enfants des montagnes
d' l'Auvergne... J'acceptons, oui, j'acceptons avec
fierté, c' que vous m'offrez si franchement, et c' qui
pour nous aut's n'est, à vrai dire, qu'une obligation
d' famille.

— A d'main donc ! reprend Jean-Pierre ; vous m'
ferez la liste exacte d' vos pratiques, et chacune

d'elles s'ra servie à l'heure accoutumée, vous pouvez y compter.

— Au r'voir, Jacques ! lui disent les autres députés; patience et courage! tu r'cevras chaque soir la
visite d' l'un d' nous, et, quand ton docteur te l' permettra, nous boirons ensemble la p'tite goutte en
répétant la la chanson du pays : « *Eh! vive l'Auvergne!* »

Tant que Béfour fut obligé de garder le lit, ce
qui dura près de six semaines, son service fut fait
avec la plus grande exactitude ; et chacune de ses
pratiques, touchée de la cause de son funeste accident, lui fut plus attachée que jamais. Toutefois le
porteur d'eau, habitué jusqu'alors à cet exercice du
corps qui, quoique fatigant et salutaire, souffrait
beaucoup de l'immobilité continuelle à laquelle il
était condamné· car le moindre mouvement pouvait déranger l'appareil posé sur sa blessure, et par
cela même retarder sa guérison. Tout ce qui lui
était permis, c'était de se soulever bien doucement
et avec précaution, au moyen d'une corde attachée
fortement au plafond, sans donner la moindre se-
cousse à sa jambe fracassée. Sa femme et ses jolis
enfants l'entouraient sans cesse, et cherchaient à le
distraire par leurs soins, leurs caresses, leur babil
innocent. Sa petite Nanette surtout, qu'il aimait
tant, avait pour lui des égards au-dessus de son âge;
elle ne quittait pas le chevet du lit de son père, et,

déjà parvenue à lire très-couramment, elle savait le
distraire et l'intéresser par la lecture de quelques
bons livres que lui prêtait un libraire très en vogue,
et son parrain. Il ne se passait pas de jour que le
petit Prosper, dont Béfour avait sauvé la vie aux
dépens de sa jambe, ne vînt le visiter, le caresser,
lui offrir des fleurs, des fruits de l'humble boutique
de son père, et se mêler ensuite aux jeux de ses enfants. Chaque soir, dès le coucher du soleil, celui des
camarades de Béfour qui avait fait pour lui le service de la journée venait lui rapporter scrupuleuse-
ment l'argent qu'il avait reçu. La conversation s'a-
nimait par le récit des nouvelles du jour. On parlait
ensuite des Auvergnats récemment arrivés dans la
capitale, et qui s'étaient fait inscrire au contrôle de
la corporation, des moyens de les aider et de leur
procurer de l'ouvrage. On s'occupait enfin de ceux
de tous les porteurs d'eau qui, comme Jacques, pouvaient se trouver sur le grabat, et auxquels il fallait
s'empresser d'offrir des secours pour leur éviter d'entrer à l'hôpital, ce qui, chez ces bons montagnards,
était un pacte de tout temps respecté.

Enfin, Béfour eut la permission de se faire transporter de son lit sur une chaise longue que lui avait
prêtée le tapissier du coin. On vit alors son camarade de service, Frémont, le marchand fruitier, et
plusieurs voisins se réunir pour cette première le-
vée, qui demandait les plus grandes précautions;

Jeannette soutenait dans ses bras et sur sa poitrine
la tête de son mari, qu'elle couvrait de larmes de
joie : Nanette et Prosper rôdaient autour d'eux en
exprimant leur innocente ivresse, et le porteur d'eau,
cédant à la vive émotion que lui inspirait ce tableau
si *touchant*, serrait la main de l'un, pressait la main
de l'autre sur son cœur, et se trouvait déposé sans
nul accident, et comme l'avait recommandé le docteur, sur la chaise longue placée devant une croisée,
où il respirait un air vivifiant et retrouvait par degrés sa force et l'espérance d'être bientôt en état de
s'atteler à un tonneau.

Enfin elle arriva, cette époque tant désirée : Jacques, de la chaise longue, s'était hissé sur ses deux
béquilles, faisait le tour de la chambre, escorté de
Nanette et de Prosper, qui soutenaient ses pas encore chancelants. Bientôt il marcha seul, ne se servant plus que d'un bâton; bientôt il descendit ses
cinq étages, alla s'asseoir sur l'un des bancs de pierre
du jardin des Tuileries, et trois semaines après,
l'heureux jour fut marqué pour qu'il reprît son travail.

Il est, chez les petits comme chez les grands, de
ces époques importantes qu'on célèbre par la joie la
plus vive et le bonheur le plus parfait. Jacques, dont
la convalescence avait coûté à chacun de ses camarades trois journées de travail, voulut que le jour de
son entier rétablissement fût celui d'une réunion de

famille où il pourrait leur exprimer son attachement et sa reconnaissance. Il s'entendit donc avec
un restaurateur du quartier, qu'il fournissait d'eau,
pour que celui-ci préparât un repas de quarante couverts dans son plus grand salon; repas solide, mais
sans aucun luxe, et dont le prix fut réglé à trois
francs par tête. Cette joyeuse réunion devait être
composée de Béfour, de Jeannette et de leurs enfants, du marchand fruitier, de sa femme et de
Prosper, des trente porteurs d'eau dont le dévouement généreux avait conservé à leur compatriote
toutes ses pratiques, du tapissier, qui ne voulait aucun loyer de sa chaise longue, et enfin du docteur
qui avait remis si habilement et gratis la jambe du
blessé. Béfour et sa femme avaient été l'inviter à les
honorer de sa présence, et cet homme célèbre qui
soignait avec le même zèle le pauvre et l'opulent se
fit un plaisir autant qu'un devoir d'assister à ce banquet d'Auvergnats, où il était sûr d'avance de trouver ces élans de l'âme, ces épanchements de la simple nature, en un mot, ces expressions de joie naïve
et de bonté franche qui valent bien, aux yeux de
l'observateur du genre humain, les manières étu-
diées des opulents du jour.

Dès le matin de cette mémorable journée, Béfour,
qui s'était déjà essayé plusieurs fois à porter une
voie d'eau sans ressentir à sa jambe la moindre at-
teinte, s'attelle à son tonneau pour la première fois

depuis trois mois entiers. Jamais coursier qu'on attelle au char d'un monarque cher à son peuple, ou
d'un héros victorieux, ne fut plus fier et plus trépi-
gnant que ne l'était en ce moment l'heureux Jacques. Toutefois, il avait promis à sa femme et au
docteur de ne remplir d'abord son tonneau qu'à moitié, afin de s'habituer par degrés au lourd fardeau
qu'il traînerait après lui. Il se présente d'abord chez
ses pratiques du quartier, qui l'accueillent avec les
marques du plus vif intérêt; il longe ensuite la rue
Saint-Honoré, où il reçoit les mêmes félicitations. Il
gagne bientôt la rue des Frondeurs, où son cœur
bat en apercevant l'endroit même où sa jambe avait
été brisée. La pente de cette rue est rapide, et Jacques se dispose à redoubler d'efforts pour hisser sa
petite charrette jusqu'au carrefour de la rue Sainte-
Anne. Mais son fardeau lui semble moins pesant que
jamais.

— C' que c'est qu' l'idée! se dit-il en souriant :
l' souvenir d'avoir sauvé là c' pauvre p'tit m' ranime au point que je sens mon tonneau m' suivre
comme par miracle...

Toutefois, l'illusion lui semble si étrange, et sa
charge lui devient si légère qu'il croit que l'eau qu'il
roule fuit par quelque endroit : il s'arrête tout-à-
coup, et aperçoit derrière sa charrette, et poussant
de toutes leurs forces, le fruitier Frémont et son
fils Prosper. Ceux-ci ayant aperçu Béfour passer de-

vant leur boutique, s'étaient élancés d'un mouvement spontané pour aider ce digne homme à hisser
son tonneau jusqu'au sommet de la pente rapide qu'il
avait à parcourir.

— Qu'est-c' que vous faites donc là? leur crie
Béfour.

— J' nous acquittons, lui répond Frémont, c'est-
à-dire j'essayons de nous acquitter, car avec vous
c'est impossible.

— Oh! vous pouvez être sûr, ajoute Prosper, qu'
vous n' passerez jamais d'vant not' boutique sans qu'
je m' cramponne derrière vot' tonneau. J' suis encore trop jeune pour vous soulager autant qu' je l'
voudrais, mais faut espérer qu' Dieu m' donnera des
forces pour vous s'courir à mon tour.

Béfour presse l'enfant dans ses bras, serre la main
du père et s'éloigne en leur recommandant de nouveau de ne pas manquer à la réunion du soir.

Vers les six heures, en effet, après que le travail
de la journée fut terminé, les trente camarades de
Jacques, en habits de fête, et l'officieux tapissier, se
rendirent chez le restaurateur indiqué, où déjà les
attendaient le porteur d'eau et sa famille, Prosper et
ses parents. Bientôt arriva le chirurgien, qui fut
reçu avec toutes les acclamations du respect et de la
reconnaissance. Il se place entre Béfour et sa femme,
et tous les convives entourent une table spacieuse,
au milieu de laquelle on remarquait une ample cor-

beille de fleurs qu'y avait déposée la fruitière. On sert un dîner composé de mets solides, mais sans recherche : Jeannette avait bien recommandé qu'on ne passât pas trois francs par tête, tout compris; car le plaisir qu'elle éprouvait à régaler les dignes compatriotes de son mari ne lui faisait pas oublier qu'elle avait cinq enfants, et que l'économie était pour elle un devoir.

Aux premiers moments de silence que produit toujours un vigoureux appétit succèdent les accents de la joie et du bonheur qu'éprouvent les montagnards de l'Auvergne de se trouver ainsi réunis. Des toasts joyeux, énergiques, sont portés au rétablissement de Jacques : et celui-ci, vivement ému, répond par l'expression de l'attachement sans bornes et de l'éternelle gratitude qu'il doit à ses chers compatriotes. Enfin tous, debout, saluent, honorent le digne Esculape si précieux aux pauvres gens de l'arrondissement, et dont les soins gratuitement prodigués ont accéléré la guérison du porteur d'eau.

— Mes bons amis, excellents hommes, répond le docteur, ce n'est qu'au second service que je prétends répondre à votre toast, qui pénètre jusqu'au fond de mon cœur.

Béfour et sa femme se regardent avec surprise et confusion. Ils n'ont commandé que ce qu'on a servi, ne pouvant dépasser leurs faibles moyens. L'inquiétude se peint sur leurs visages, et leur trouble est au comble lorsqu'ils aperçoivent un second service composé de mets abondants et même un peu recherchés, lorsqu'ils entendent les garçons offrir des vins de Bordeaux, de Bourgogne, et faire sauter avec fracas plusieurs bouchons de bouteilles de champagne. Chacun reste ébahi; Béfour ne saurait croire qu'on puisse traiter de la sorte à trois francs par tête; Jeannette, de son côté, ne peut s'imaginer que son mari soit capable de l'avoir trompée : elle est au moment de quitter sa place pour aller s'expliquer avec le restaurateur, lorsque le docteur, aussi bon convive que chirurgien habile, une rasade de champagne en main, dit à tous ceux qui l'écoutent :

— Dignes enfants de l'Auvergne, votre camarade a voulu vous offrir un gage mérité de sa reconnaissance : la première partie de ce festin est une dette sacrée qu'il devait acquitter envers vous, et que j'ai dû respecter..... Mais ce que vous avez fait pour lui vous donne tant de droits à l'estime de celui qui sait apprécier les hommes pour ce qu'ils valent, que j'ai voulu vous donner à mon tour une preuve de mon attachement, de ma considération. Je vous prie donc d'accepter ce second service comme l'expression des sentiments que vous m'avez inspirés. Votre généreuse coalition mérite d'être propagée, et je bois avec respect à tous les bons Auvergnats, à tous les porteurs d'eau qui, comme vous, ne souffriront jamais qu'un de leurs camarades occupe un des lits des hospices de Paris. Vous n'oublierez pas, j'espère, que je suis toujours là pour vous secourir, pour vous soigner, et que, dès ce moment, j'appartiens à votre honorable et nombreuse famille.

Il serait difficile de peindre l'ivresse qu'inspirèrent ces touchantes paroles. Elles restèrent gravées dans le cœur de tous les assistants, furent transmises par eux à leurs compatriotes; et, depuis cette époque, il n'arrive pas un seul accident parmi le peuple sans qu'on se rappelle aussitôt l'anecdote historique et touchante de la *jambe cassée*.

LA CAISSE D'ÉPARGNE.

Il se forme chaque jour, en France, des établissements utiles, ingénieux. Les uns donnent à nos manufactures des procédés d'économie et de perfection; les autres agrandissent le domaine de l'agriculture et des arts : tout se ressent des progrès de l'esprit humain, du perfectionnement de la civilisation. Mais rien ne contribue peut-être autant, soit à

l'amélioration des mœurs, soit à l'aisance des classes
laborieuses, que cette *caisse d'épargne* cautionnée
par l'honneur commercial et dirigée par la haute
finance, où l'on peut aller déposer avec sécurité le
fruit de son travail, le superflu du présent et le gage
d'un heureux avenir. Cette admirable institution
préserve chaque jour des folles dépenses de l'amour-
propre ou de la dissipation, donne la précieuse habitude de compter avec soi-même et de thésauriser;
elle offre une ressource toujours prête dans un malheur imprévu, procure la jouissance de secourir un
parent, un ami dans la peine : en un mot, elle est la
sauvegarde du repos et de l'honneur des familles.
D'après ce portrait fidèle, on ne doit plus s'étonner
de voir à la tête de ses respectables fondateurs
le beau nom de *La Rochefoucauld*, si digne de la
vénération publique et de la reconnaissance natio-
nale.

Cette caisse, établie rue de la Vrillière, près de la
banque de France, est ouverte tous les dimanches,
depuis neuf heures du matin jusqu'à deux, et prési-
dée par un commissaire de l'administration. On peut
y déposer depuis un franc jusqu'à cinquante (1);
cet argent est employé immédiatement en achats

---

(1) Depuis cette époque, les statuts ont été modifiés : on reçoit jusqu'à 300 fr. par versement. Des succursales ont été éta-
blies dans les divers quartiers de la capitale, et presque partout en France se trouve cette institution.

de rentes sur l'Etat, réglées et capitalisées tous les six mois, sans qu'il en coûte une obole aux titulaires. Tout le travail se fait gratis par les divers employés de la banque de France, qui sous les auspices d'un personnage célèbre par le rang ou la fortune, reçoivent les nombreux dépôts que leur font les différentes classes de la population.

Rien de plus curieux et de plus intéressant, pour l'observateur et le moraliste, que ce spectacle se renouvelant sans cesse, de tous les artisans, de tous les ouvriers qui viennent déposer à l'envi ce qu'ils ont prélevé sur leurs plaisirs, quelquefois même sur leurs besoins. Là, c'est un vieux portier s'occupant à grossir chaque mois son petit trésor, qui le préservera, s'il devient infirme, d'aller mourir dans un hospice. Ici l'on voit une jeune ouvrière former petit à petit la dot qui lui donnera le droit de choisir un époux. De ce côté une riche douairière vient jeter les fondements d'un établissement utile qui doit faire bénir son nom; de cet autre endroit s'avance un humble Savoyard, tirant de sa bourse enfumée de quoi composer le pécule qu'aux beaux jours il se propose d'aller offrir à sa pauvre mère. Tout près de lui un élégant du jour perce la foule, apportant ce que la veille il a gagné au jeu, dont il a résolu de dompter la funeste passion. Enfin chacun exprime sur ses traits et par ses paroles l'ardent désir de former un capital. On dirait, à voir cette multitude

de gens empressés de présenter d'une main leur
argent, et de l'autre le livret où sont inscrites les
sommes par eux déjà déposées, on dirait un essaim
d'abeilles laborieuses venant le soir apporter à la
commune le fruit de leur butin, en murmurant de
plaisir du bon emploi de leur journée.

Parmi les personnes qui manquaient rarement
d'apporter le dimanche une augmentation au capital
accumulé par elles, on remarquait un nommé Laurent, graveur sur métaux, d'une figure maligne, spi-
rituelle, et dont l'extérieur et les vêtements rapiécés
annonçaient un zélateur de l'économie, qu'on pouvait même soupçonner d'avarice. Il était porteur de
deux livrets séparés, sur lesquels il faisait coter régulièrement et tour à tour la somme, tantôt modique
tantôt plus forte, qu'il apportait à la caisse avec cet
empressement et cette avidité dénotant la soif ardente des richesses.

Comme la foule des habitués est considérable, il
faut aller de bonne heure à la caisse pour obtenir
son tour de transcription; Laurent apportait dans sa
poche son déjeuner, qui consistait dans un petit pain
de seigle qu'il arrosait en sortant avec un verre de
tisane; la dépense totale de son repas s'élevait donc
à trois sous. Il dînait ordinairement à quinze, dans
un modique restaurant au-dessus duquel il occupait
une chambre de cent vingt francs de loyer. On conçoit que son mobilier était analogue à son train de

vie. Toutefois il avait un fort bon lit, portait toujours du linge blanc, et se réconfortait chaque matin d'un verre de vin généreux.

On était d'autant plus étonné de sa parcimonie
qu'il était le plus habile ouvrier du graveur chez lequel il travaillait, rue Saint-Honoré, et que, réunissant l'adresse et la vivacité, l'exactitude et le
vrai talent, il gagnait six à sept francs par jour, non
compris le produit de l'ouvrage qu'il faisait à son
compte dans son humble réduit. Chacun glosait sur
son genre d'existence. Il en était d'autant plus
charmé, que cela couvrait d'un voile impénétrable
la passion d'amasser qui le dominait, et l'exposait
moins aux reproches de sa famille.

Laurent avait une sœur, femme d'un ancien ouvrier metteur en œuvre nommé Duhamel, devenu
bijoutier au Palais-Royal, aussi brillant, aussi fastueux que son beau-frère était sec et râpé. Madame
Duhamel avait voulu cent fois attirer dans sa maison le compagnon de son enfance et son premier
ami, car Laurent comptait douze ans de plus que sa
sœur; mais il fut inflexible dans ses résolutions, im-
muable dans ses goûts, et ne voulut jamais s'exposer à voir l'orgueilleux Duhamel souffrir de sa présence. Le modeste graveur, sous son vêtement
obscur, avait toutefois la fierté d'une âme indépendante, et ne pouvait supporter la moindre humiliation. Ne demandant jamais rien à personne et n'exi-

geant pas le moindre égard, ni même la plus simple
politesse, il se complaisait dans son obscurité, qui
ne l'astreignait à aucun des devoirs de la société
qu'il dédaignait. Aussi ne mettait-il jamais le pied
chez sa sœur, si ce n'est le jour de la naissance de
celle-ci. Dès le matin, un bouquet de violettes de
deux sous à la main, il entrait par la porte de derrière, et, sitôt qu'il avait embrassé madame Duhamel et ses deux demoiselles, dont l'aînée était sa
filleule, il se retirait et ne reparaissait qu'une année
après.

La mère et ses filles allaient quelquefois le visiter dans sa mansarde, rue Bertin-Poirée ; mais il
fallait toujours qu'il fût prévenu, sans quoi sa porte
eût été fermée. Madame Duhamel alors remarquait
qu'il s'était fait la barbe et qu'il portait un vêtement
plus propre : elle l'embrassait avec une grande ef-
fusion de cœur, et il y répondait de même. Il pressait tour à tour dans ses bras sa sœur et ses deux
nièces, et le lien du sang reprenait tout son empire ;
mais pas le moindre cadeau, même à sa filleule, pas
l'offre du moindre rafraîchissement ; il affectait toujours de parler économie et de se resserrer dans son
enveloppe obscure.

Dix ans s'étaient ainsi écoulés, pendant lesquels
Laurent n'avait cessé de déposer à la caisse d'épargne ses économies de chaque mois. Ses deux livrets,
dont personne dans sa famille ne pouvait soupçon-

Les élèves de l'école mutuelle (page 162)

ner l'existence, offraient un capital qui grossissait d'autant plus que les intérêts s'y trouvaient ajoutés chaque année. Peu lui importait de passer pour un dissipateur secret qui mangeait à de folles ou honteuses dépenses tout ce que lui prodiguait son travail; il s'en réjouissait en secret, et semblait redoubler encore de parcimonie : ce fut au point que sa sœur voulut lui faire accepter quelques vêtements, et divers autres objets d'un usage indispensable; mais il les refusa.

Tandis que l'obscur graveur thésaurisait chaque année et continuait son train de vie parcimonieuse, le fastueux bijoutier voyait diminuer sa fortune, tant par les folles dépenses auxquelles il était habitué, que par des pertes imprévues qu'il éprouvait dans son commerce. Insensiblement il perdit son crédit et voulut, pour le rétablir, essayer des chances que procurent les effets publics. L'agiotage acheva de le ruiner. Il lui fallut quitter sa brillante boutique du Palais-Royal, vendre sa belle argenterie et sa collection de tableaux. Madame Duhamel vendit elle-même ses bijoux : les maîtres d'instruction, de danse, de harpe et de chant, qui concouraient à l'éducation de leurs filles, furent congédiés. On se retira dans un petit appartement, au quatrième, rue de la Poterie, et l'on se réduisit à l'existence la plus mince. Madame Duhamel faisait la cuisine; Flore et Zélie, âgées de quinze à seize ans, vaquaient aux

soins du ménage, tandis que leur père, cherchant
encore à utiliser les connaissances qu'il avait dans
la bijouterie, se livrait au courtage de ce genre,
ce qui l'humiliait beaucoup; mais il fallait bien recourir à tous les moyens pour faire subsister sa famille.

Laurent prévoyait depuis longtemps cette cata-
strophe; il n'en parut ni surpris, ni même affligé. On
eût dit qu'il éprouvait une secrète jouissance de la
culbute de son beau-frère. Celui-ci faisait alors au
simple graveur un accueil tout différent. Il ne rougissait plus de sa présence, ne critiquait plus sa redingote rapiécée, sa casquette de cuir encrassée,
son pantalon de velours de coton et ses gros souliers
ferrés. C'était toujours mon beau-frère par ci, mon
cher Laurent par là. On allait le visiter chaque dimanche, on louait ses goûts casaniers, on le félicitait
de son existence obscure, on admirait même son économie; mais toutes ces adulations n'avaient aucun
résultat. Laurent, la figure impassible et le cœur
froid, ne faisait aucune offre de service; et, stable
devant son établi, les yeux attachés sur sa gravure,
il continuait son travail sans blâmer ni consoler son
beau-frère, le laissant plus que jamais dans la certitude qu'il était hors d'état de lui porter le moindre
secours.

Toutefois cette indifférence de Laurent n'était pas
aussi prononcée en présence de sa sœur et de ses

deux nièces. Lorsque celles-ci venaient le visiter rue Bertin-Poirée, dans sa mansarde, dont l'étage ne leur paraissait plus aussi haut, et qu'elles lui racontaient leurs peines, les vains efforts de Duhamel pour les faire exister; lorsqu'elles lui faisaient enfin le pénible aveu qu'ayant tout sacrifié pour conserver l'honneur, elles n'avaient plus rien au monde et se trouvaient réduites à vivre du travail de leurs mains, Laurent se troublait malgré lui; on lisait sur sa figure qu'il éprouvait un combat secret. Un jour, entre autres, c'était à la fin de l'automne, Flore et Zélie, naguère parées des robes les plus élégantes, lui semblèrent si mesquinement vêtues, qu'il leur en fit la remarque. Elles lui confièrent que c'étaient les seuls vêtements qui devaient les préserver des rigueurs de l'hiver.

— Cela ne sera pas! s'écrie Laurent avec une expression de sentiment qu'on ne lui connaissait pas encore. Non, non, cela ne doit pas être : je ne souffrirai point que mes nièces, que ma filleule, soient exposées à mourir de froid... et, dussé-je vendre le peu que je possède...

Quelques jours après, les deux sœurs reçurent, en effet, chacune un manteau de drap et une robe de mérinos. Le tout n'était pas de première qualité, mais du moins il suffisait pour préserver les deux jeunes filles des atteintes de la misère et de la rigueur de la saison.

Ce premier don qu'eût fait Laurent de sa vie causa
la plus grande surprise, et surtout une reconnaissance dont les vives expressions pénétrèrent jusqu'au fond de son cœur; elles lui firent connaître
l'inexprimable bonheur d'être utile. Il renouvela
donc quelquefois ses offrandes avec toutes l'économie
possible, laissant toujours croire que c'était aux dépens de ses veilles, et l'effet même de ses privations.
La plus grande, en effet, qu'il ressentit fut de porter
moins que de coutume à la caisse d'épargne; mais le
moyen de voir de sang-froid sa sœur et ses deux
nièces exposées pendant l'hiver aux horreurs du besoin !

Celles-ci, de leur côté, touchées des efforts que
faisait leur modeste bienfaiteur, et convaincues que
le peu qu'il leur offrait était le produit de son travail, redoublèrent de zèle et d'efforts pour ne pas
abuser de ses bontés. La mère travaillait chez un
marchand frangier de la rue aux Fers à l'époque de
son mariage avec Duhamel; elle reprit son ancien
métier, auquel se livrèrent les deux jeunes sœurs
avec un succès qui leur valut bientôt la confiance
des plus riches fabricants de la capitale. On était à
l'ouvrage dès le matin; on ne le quittait qu'au moment où le sommeil devenait nécessaire, et au bout
de quelque temps madame Duhamel et ses deux filles
gagnèrent chacune quarante sous par jour, ce qui
faisait au bout du mois cent soixante francs, avec

lesquels on était à l'abri des premiers besoins de la vie, et surtout en état de n'être à charge à personne. Duhamel, de son côté, gagnait quelque chose dans le courtage de la bijouterie; mais l'humiliation qu'il éprouvait et les secrets combats de son orgueil affaiblirent ses forces, altérèrent sa santé. Bientôt il fut atteint d'une maladie de langueur; elle le conduisit au tombeau, regrettant, mais trop tard, d'avoir cédé si facilement aux attraits de la vanité, frémissant sur le sort de sa famille, à laquelle il ne laissait pour unique ressource que le travail et le faible appui de son beau-frère, qui du moins pourrait guider Flore et Zélie de ses conseils, s'il ne pouvait les aider de sa bourse.

Laurent, se couvrant toujours d'un voile impénétrable, était ravi du dévouement et de la persévérance de la famille Duhamel. Sous prétexte de resserrer les liens qui l'unissaient à la digne mère et à ses filles, il leur proposa de mettre en commun le produit de leur travail et d'entrer pour un tiers dans la dépense du ménage, ce qu'on accepta avec empressement. Madame Duhamel avait toujours conservé pour son frère un tendre attachement, malgré son insouciance et sa parcimonie. Flore et Zélie éprouvaient de même une grande tendresse pour leur oncle, et se disposaient à le combler de leurs soins, de leurs respectueux égards. Laurent quitta donc sa mansarde de la rue Bertin-Poirée, et vint occuper un modeste appartement rue de la Poterie, dans la même maison que sa sœur. Cela l'éloignait un peu du graveur très-renommé chez lequel il exerçait son état depuis vingt ans ; mais il était convenu avec celui-ci que vu son âge et sa vue qui s'affaiblissait, il travaillerait à ses pièces, afin, disait-il, de remplir les devoirs de chef de famille que lui imposait la mort de son beau-frère.

La nouvelle réunion fit le bonheur de tous ceux qui la composaient. Madame Duhamel et ses filles formèrent un atelier de franges en tous genres, et bientôt elles acquirent la confiance des premiers fabricants de Paris, et principalement d'un marchand de la rue aux Fers, d'un âge avancé, sans enfants, et dont le magasin était très-renommé. Il portait beaucoup d'intérêt à la famille Duhamel, et lui confiait ses commandes les plus importantes. Laurent, de son côté, s'occupait de la gravure, où sa longue expérience et son talent lui faisaient faire des gains assez satisfaisants, mais il les cachait autant qu'il le pouvait aux yeux de sa famille. Il habitait deux petites chambres au quatrième, n'en descendait jamais qu'à l'heure des repas, et consacrait encore tout son temps au travail, ce qui faisait croire dans la maison qu'il avait besoin de s'occuper pour pourvoir à son existence, et lui donnait le droit de thésauriser tout à son aise. Aussi ne manquait-il jamais d'aller le dimanche s'installer de bonne heure à la caisse d'épargne pour y déposer les économies de la semaine.

Toutefois on remarquait en lui plus de tenue et de propreté. La vieille redingote rapiécée avait été remplacée par une neuve de drap bleu de roi; la casquette de cuir crasseux par un chapeau rond imperméable; le pantalon de velours râpé par un cuir de laine ou de nankin; et les souliers, quoique d'une semelle épaisse, n'étaient plus ferrés comme ceux des Auvergnats ou des Savoyards. En un mot, il cédait insensiblement à la crainte d'humilier sa sœur et ses nièces, auprès desquelles il éprouvait ces doux épanchements qu'on ne trouve qu'en famille.

Flore et Zélie étaient alors âgées de dix-neuf à vingt ans; elles portaient sur la figure l'expression d'une âme élevée et ce reflet d'une première éducation dont la trace est ineffaçable. Leur atelier s'augmentait chaque jour et s'accréditait dans le commerce. C'était à qui, de tous les fabricants, aurait de leur ouvrage, qui se distinguait par un goût séduisant et par une rare perfection. Leur renommée, la pureté de leurs mœurs et cette imposante dignité de jeunes personnes bien élevées, contribuaient à leur attirer l'estime publique. Le riche frangier de la rue aux Fers, qui leur procurait le plus d'ouvrage, venait quelquefois les visiter. Il était ravi de l'union qui existait entre les deux sœurs, de la respectueuse tendresse qu'elles portaient à leur mère, et des égards dont elles comblaient leur vieil oncle. Le fabricant aimait surtout à faire, le soir, avec celui-ci, sa partie de dames ou de dominos. Bientôt l'intimité s'établit; on se confia mutuellement ses projets, ses espérances. Le vieux marchand déclara que, n'ayant point d'enfants, il voulait se retirer du commerce pour aller se reposer dans une terre qu'il venait d'acheter en Normandie, et que son désir serait de céder son magasin à madame Duhamel et à ses filles, si toutefois elles pouvaient lui donner quelques sûretés.

— Votre proposition, Monsieur, nous flatte et nous honore, répond la mère; mais, vivant du travail de nos mains, et n'ayant pu réunir encore que de faibles économies, nous ne pourrions vous offrir d'autre garantie que notre zèle et notre probité.

— Si notre père, ajoute Zélie, n'eût pas éprouvé des pertes imprévues, causes de sa ruine, nous serions en état d'accepter votre offre, qui comblerait nos vœux.

— Mais il n'y faut pas songer, dit à son tour Flore en jetant un soupir de regret, nous sommes résignées à rester de simples ouvrières.

— A combien évaluez-vous votre fonds? demande Laurent au riche fabricant, tout en posant sur la table le double-six du domino.

— Mais, répond celui-ci, il vaut au moins cent mille francs : et, si l'on me donnait la moitié comptant et des sûretés pour le reste...

— Si cinquante mille francs vous suffisaient, répond Laurent tout en jouant, mes nièces pourraient traiter avec vous.

— Y songez-vous, mon frère ? s'écrie madame Duhamel.

— Mon oncle veut s'égayer à nos dépens, ajoute Flore.

— Il aime à plaisanter, dit Zélie, à nous bercer de mille chimères.

— Je ne plaisante point, réplique Laurent, la tête baissée et continuant de jouer : vous possédez chacune plus de vingt-six mille francs.

— Comment !

— Que voulez-vous dire ?

— Eh oui ; j'ai vu vos livrets à la caisse d'épargne.

— Nous ne pouvons comprendre...

— Attendez un instant, je vais vous en convaincre.

Il se lève à ces mots, regarde en souriant ses deux nièces, et monte avec empressement à sa chambre, d'où il rapporte aussitôt un vieux portefeuille contenant deux livrets ; le premier sous le nom de Flore Duhamel, sa filleule, et le second sous celui de Zélie, portant l'un et l'autre une inscription de treize cent vingt-cinq francs sur le grand-livre du tiers consolidé. Les deux jeunes personnes auxquelles il les remet ne peuvent en croire leurs yeux. Madame

Duhamel, après s'être convaincue de la réalité, s'é-
lance dans les bras de son frère et lui dit avec l'accent de la plus vive émotion :

— Le voilà donc expliqué ce mystère que je ne
pouvais comprendre ! Voilà le fruit de cette économie si sévère et de tant de privations !

— Il est vrai, chère sœur ; voyant que ton mari
se ruinait par son luxe et ses folles entreprises, j'ai
dû m'occuper à vous préparer un avenir. Sur les
sept à huit francs que je gagnais par jour, je me suis
réduit à n'en dépenser que deux ; depuis seize à dix-
sept ans j'ai déposé chaque semaine à la caisse d'é-
pargne mes économies et je suis parvenu, en accu-
mulant les intérêts avec le capital, à former cin-
quante-sept mille francs. J'ai le bonheur aujourd'hui
de les offrir à mes nièces, pour leur restituer un
sort digne d'elles, et leur prouver en même temps
ce que produit une économie constante et calculée.
Vous me pardonnerez sans peine toutes les trois les
petites humiliations que je vous ai fait endurer par
mes vêtements obscurs, par cette étrange parcimonie qu'il m'a fallu montrer pour arriver à mon but.
J'en ai moi-même souffert plus d'une fois ; mais
cette idée de sauver de la misère une sœur et ses
enfants ranimait mes forces, affermissait mon courage... Enfin je suis parvenu, non sans effort, au
terme de mes privations et de mes jouissances. Vous
voilà replacées honorablement dans la société, re-

mises toutes les trois au rang des honnêtes commer-
çants de la capitale ; j'achèverai paisiblement ma carrière auprès de vous, et je me dirai souvent, en voyant
votre commerce prospérer, mes nièces former une
union assortie et leur excellente mère entourée de
ses petits-enfants, je me dirai : « Voilà pourtant ce
qu'a produit la caisse d'épargne ! »

Toutes les espérances du vieux graveur se réali-
sèrent. Le traité fut conclu le jour même avec le
marchand frangier, qui trouvait dans une famille
aussi bien unie la garantie des sommes qui lui restaient dues, et qui lui furent en effet exactement
payées. Le magasin de la rue aux Fers devint plus
riche et mieux famé que jamais. Laurent renonça
pour toujours à la gravure sur métaux, devenue pénible et dangereuse pour sa vue affaiblie. Il se chargea de tenir les livres de commerce et d'une partie
de la correspondance ; il s'assura une rente viagère
qui lui donnerait dans tous les temps une existence
honnête, indépendante ; en un mot, il éprouva, quoique célibataire, toutes les jouissances d'un bon chef
de famille, et, lorsqu'il voyait au comptoir ses deux
nièces, toujours modestes, attirer les chalands par
leurs manières gracieuses et chaque jour augmenter
leur crédit, assurer leur fortune, il répétait avec
ivresse :

— Voilà pourtant ce qu'a produit la caisse d'épargne !

LE FORT DE LA HALLE.

———

Le ciel, en nous donnant la force, voulut qu'elle fût accompagnée de la patience et de la douceur. Sans cela, cet avantage serait une usurpation des droits sacrés de l'égalité parmi les hommes. En effet, si celui d'entre eux qui reçut à la fois et la vigueur du corps et cette constitution robuste, résistant aux travaux les plus rudes, si celui-là s'abandonne sans réserve à la brutalité de son caractère, à la fougue de ses passions, il exerce une tyrannie à la fois basse et révoltante, il devient, pour ainsi dire, un anthropophage qu'il faudrait museler comme une bête féroce, ou faire disparaître de la société.

Les animaux eux-mêmes nous donnent l'exemple de cette condition qu'imposa le Créateur au plus fort, de ménager et de protéger le plus faible. Nous voyons, en effet, le timide agneau paître avec sécurité près du taureau mugissant : la colombe se percher à la cime du chêne où l'aigle abrite ses petits; le dogue regarder en pitié le roquet insolent qui l'attaque; et l'on admire chaque jour à la ménagerie

l'éléphant caressant de sa trompe la gazelle qui
vient se coucher à ses pieds, et le lion lui-même lé-
chant un petit chien devenu son compagnon de cap-
tivité.

Comment se peut-il que ce soit l'homme, que
Dieu dota de cette force intellectuelle, de cette âme,
admirable foyer de ce qu'il y a de plus grand et de
plus généreux, qui s'abandonne à cette brutalité
souvent funeste, à ce besoin de domination qu'il
dompte lui-même chez les animaux les plus sauva-
ges? Cette réflexion, qu'on ne saurait trop propager,
surtout parmi le peuple, que ses travaux et ses habitudes conduisent plus communément à l'oubli des
convenances sociales et des égards qu'on se doit en
famille ; cette réflexion, dis-je, m'a trop vivement
frappé pour que je ne m'empresse pas de raconter
ici l'anecdote qui s'est en quelque sorte passée sous
mes yeux ; elle prouvera que, lorsqu'on ne sait pas
se vaincre et dompter la force extraordinaire que
nous donna la nature, on paye souvent du bonheur
et du repos de sa vie un moment de brutalité.

Athanase Lecler se fit remarquer, dès son adoles-
cence, par une stature imposante et cette vigueur
qui semble donner encore à l'homme plus de ma-
jesté. Sa figure, dont les traits étaient réguliers, répondait à ses formes athlétiques, son grand œil
brun, couronné d'un sourcil d'ébène, lançait à la fois
la flamme et peignait la bonté ; ses bras nerveux,

dont les muscles se gonflaient à volonté, devenaient
une barre de fer que rien ne pouvait faire plier ; ses
larges épaules semblaient défier le fardeau le plus
pesant; sa chevelure noire était bouclée et relui-
sante ; et, sous ses épais favoris, qui se réunissaient
sous le menton, perçait un sourire agréable découvrant une bouche fraîche et les plus belles dents.

On se doute aisément, d'après ce portrait fidèle,
qu'Athanase était remarqué de toutes les personnes
qui l'approchaient. Le son de sa voix mâle et so-
nore donnait encore plus d'expression à ses traits ca-
ractérisés. Les uns l'appelaient l'Hercule vivant, les
autres le Samson moderne. Il avait servi de modèle
aux peintres les plus célèbres; mais bientôt cette
fastidieuse occupation l'ennuya : l'immobilité continuelle à laquelle il était contraint de s'assujétir ne
pouvait convenir à sa force virile; il lui fallait du
mouvement, de l'exercice, et à vingt-trois ans Athanase fut admis parmi les forts de la Halle de Paris.

Quoique naturellement bon et prévenant, il était
sujet à des mouvements d'impatience qu'il ne pouvait pas toujours réprimer. C'était surtout quand il
avait un coup de vin en tête qu'il paraissait difficile à
manier. Il s'imaginait alors qu'on voulait s'amuser à
ses dépens, et la moindre plaisanterie l'irritait et lui
faisait perdre la raison; de là des querelles assez vives, et qui seraient devenues sérieuses, si sa vi-

gueur redoutable n'eût pas inspiré pour lui cette
indulgence et cette réserve qu'impose le plus
fort.

Un jour, entre autres, Athanase s'était endormi dans
la Halle; un de ses camarades, tenant à la main le
pot au noir et le pinceau servant à marquer les différents sacs de marchandises, lui dessine sur les lèvres
une paire de moustaches, et sur le front des rides qui
lui donnaient quarante ans de plus que son âge. Il
se réveille, sans s'apercevoir du tour qu'on lui a
joué; mais bientôt, remarquant le rire qu'il excite,
il entre dans un cabaret, se regarde dans la petite
glace ordinairement placée au-dessus du comptoir;
faisant de vains efforts pour effacer cette couleur im-
prégnée dans sa peau, il cède à son impatience, d'un
coup de poing met la glace en morceaux, et d'un
autre défonce le comptoir du marchand de vin, en
vomissant mille imprécations contre l'auteur des
rides et des moustaches, qui se garda bien de se faire
connaître.

Un autre jour, le conducteur d'un chariot de farine l'atteint de son fouet par mégarde, et fait tomber dans la boue son grand chapeau de feutre gris;
il le saisit par la ceinture de son pantalon, et, l'é-
levant en l'air à bras tendu, il dit à ses camarades :

— Qui veut numéroter les abattis de ce moigneau-
là avant qu' j' n' le pile?

On vint au secours du pauvre diable, qui fort heureusement en fut quitte pour la peur...

Mais Athanase rachetait en quelque sorte ces accès d'impatience et de brutalité par les traits d'une touchante commisération et du plus généreux dévouement. Un vieux commissionnaire passait-il devant la Halle, traînant sa charrette, haletant et couvert de sueur, le fort ne manquait jamais de pousser avec vivacité derrière lui, pour l'alléger et lui faire reprendre haleine. La femme d'un porteur d'eau enceinte traversait-elle une rue voisine, la voie sur le dos, il se mettait aussitôt à sa place, en lui criant :

—Tu t'exposes à t'blesser, ma p'tite mère; allons, conduis-moi chez ta pratique.

Une mendiante paraissait-elle portant son nouveau-né sur son bras, et de l'autre traînant l'aîné marchant à peine, il lui donnait une pièce blanche, la faisait reposer sur une borne, et soudain lui présentait un verre de vin pour la réconforter. Fallait-il relever un cheval limonier abattu sous sa charge, Athanase à lui seul soulevait l'essieu de la charrette, et remettait sur pied le pauvre animal. Lorsqu'à la Halle un des forts se trouvait saisi de fatigue, il achevait son service et lui en remettait le prix. C'était encore lui qu'on voyait grimper le premier au haut des pyramides de sacs de farine, les charger sur sa tête et sur ses épaules, pour éviter aux plus

anciens des forts ou aux valétudinaires ce travail
dangereux et pénible. Enfin, partout où le cri de
l'humanité se faisait entendre, partout où se trouvait
une action généreuse à faire, arrivait Athanase avec
cet empressement d'une âme franche, expansive, et
le désir ardent d'être utile.

Les forts sont divisés en escouades, chacune de
douze associés, auxquels est dévolue telle ou telle
partie de la Halle. Chaque escouade forme, pour
ainsi dire, une famille de frères, subordonnés toutefois à la discipline du plus ancien d'entre eux. Tous
les gains sont en commun, et partagés également
par douzième. De là, point de rivalités nuisibles,
point d'ambitions usurpatrices : tout est confondu
dans l'intérêt commun; chacun porte la charge à son
tour, et cette charge, ordinairement de trois cent
vingt-cinq livres, est payée deux sous pour l'entrée
et le dépôt dans la Halle, et pareille somm e pour la
sortie. Il faut, à ce moyen, que chaque associé porte
cinquante fois par jour ce fardeau pesant pour gagner cinq francs, qu'on dépose à la masse, et sur
lesquels il est fait une retenue pour subvenir aux
accidents qui peuvent arriver, et surtout aux soins
qu'exigent les malades de la corporation : ainsi donc,
en calculant le temps qu'un fort de la Halle est sous
le sac de farine qu'il prend des chariots entourant le
monument pour le porter d'abord au pied de chaque tas et le hisser ensuite au sommet quelquefois

7

élevé de vingt-cinq à trente pieds, en admettant
qu'il faut au moins dix minutes pour le transport, un
fort doit être par jour plus de huit heures sous ce
poids énorme de trois cent vingt-cinq livres pour
gagner la somme nécessaire à son existence et à celle
de sa femme et de ses enfants. Il est vrai que celle-
ci travaille de son côté, et gagne à peu près trente
sous par jour à coudre des sacs, lorsque les occupations de son ménage le lui permettent. Ce n'est donc
que par une économie portée jusqu'aux privations,
et j'oserai le dire, par une grande tempérance, que
ces dignes gens peuvent satisfaire aux premiers besoins de la vie, au prix d'un loyer toujours cher dans
le quartier qu'ils habitent, à l'entretien de leurs vêtements, d'une propreté remarquable, et surtout à
quelques rasades de bon vin nécessaires pour les réconforter. Ce qui prouve l'ordre de leurs travaux et
la régularité de leur conduite, c'est que rarement on
rencontre à la Halle des nécessiteux : ce sont toujours des visages frais et riants, des bras musculeux
et ragoûtants, prêts à rendre un service comme à
soulever un fardeau; ce sont toujours de gais propos et ces expressions naïves d'une concorde qui
touche et d'une égalité qui charme : il n'est point,
en un mot, parmi le peule, de corporation tout à la
fois plus laborieuse et plus estimable.

Athanase Leclerc était devenu cher à ses camarades par sa force extraordinaire et sa bonté naturelle;

on évitait toutefois d'exciter son impatience et de s'exposer à ses emportements, car alors il n'était plus maître de lui : tout ce qu'il touchait se brisait sous ses mains, et, quelle que fût son affection pour ses meilleurs amis, il les eût estropiés peut-être et en eût ressenti le chagrin le plus violent... Mais il était impossible de le voir sans l'admirer, de le connaître sans le chérir et l'estimer. Ce qui surtout intéressait en lui, c'était le désir qu'il exprimait sans cesse de dompter son caractère violent, qui déjà lui avait fait essuyer bien des chagrins.

Il se maria. Les promesses faites par Athanase à sa chère Manon furent pendant longtemps remplies avec fidélité. Pas le moindre mouvement de vivacité et d'impatience, pas même une seule brusquerie, soit dans ses paroles, soit dans ses actions : on eût dit un lion rugissant tout-à-coup apprivoisé. C'était une bonté vraie, portée jusqu'aux prévenances les plus touchantes. On ne revenait pas de ce changement étrange qui s'était opéré dans le caractère de l'Hercule de la Halle; et sa femme, heureuse et fière d'avoir su le dompter à ce point, redoublait pour lui d'amour, d'estime et de confiance. Elle ne cessait de vanter à sa famille, à ses voisins, le bon naturel de son mari et la félicité dont elle jouissait dans son paisible ménage. Ce bonheur, qui semblait être inaltérable, fut encore embelli par la naissance d'un fils qu'on nomma Fortuné. Le charme de la pa-

ternité est à la fois si doux et si puissant! Il nous
rend plus chère encore la femme à qui nous le de-
vons : aussi chaque jour Athanase redoublait de
tendresse et d'égards pour sa compagne bien-aimée.
Il n'était occupé qu'à lui plaire, qu'à partager les
soins prodigués à leur enfant. Combien de fois on le
vit, tandis que Manon vaquait à son commerce, qui
prospérait de plus en plus, promener lui-même son
petit Fortuné, lui faire essayer ses premiers pas!
Combien de fois fut-il trouvé jouant dans la Halle
avec son enfant, l'occupant par mille niaiseries
qu'invente l'amour paternel, l'excitant à rire par ses
joyeux propos, ou bien apaisant ses cris par les plus
tendres caresses!..... Le plus fort devenait alors
l'esclave du plus faible, et ses fers lui semblaient
délicieux.

Cet esclavage, aussi doux qu'il est puissant, dou-
bla bientôt par l'arrivée au monde d'une petite fille,
chef-d'œuvre de beauté : c'était l'image vivante
d'Athanase; il lui donna le nom d'Hélène, porté par
feu sa mère, qui avait tant souffert de ses vivacités,
et dont il honorait la mémoire. Jamais la nature n'a-
vait réuni tout à la fois plus de fraîcheur, d'attraits,
de grâce et de gentillesse. Sa ressemblance frappante
avec son père lui donnait encore plus de droit à son
amour. Athanase, aimant, expansif, s'était imaginé
d'abord que rien ne pourrait affaiblir sa tendresse
pour son cher Fortuné. L'enfant qui, le premier,

nous fait éprouver la jouissance d'être père, gravo
dans notre âme une trace ineffaçable; mais le fort
de la Halle, après avoir également partagé ses soins
et son attachement entre ses deux enfants, céda,
sans peut-être s'en apercevoir, au penchant qui
l'entraînait vers sa fille. Fortuné fut négligé, et sans
sa mère, qui cherchait autant qu'elle le pouvait à le
venger de l'indifférence de son père, le pauvre enfant n'eût obtenu qu'une faible part dans les droits
sacrés de la famille. Athanase l'aimait encore; mais ces
questions si naturelles à son âge le fatiguaient, le
bruit de ses jeux l'impatientait, et plus d'une fois Manon vit son mari se retenir avec effort pour ne pas céder à son emportement et punir le petit espiègle du
vacarme qu'il faisait. Le fort de la Halle, tout en
avouant que le petit diable lui rappelait son enfance, était pour lui d'une intolérance qu'il ne pouvait dompter; et, prenant dans ses bras sa petite
Hélène, il s'éloignait brusquement, laissant son fils à
la garde de sa mère, qui par condescendance à tous
ses caprices ne faisait qu'augmenter encore le caractère impérieux et emporté qu'il avait reçu de la
nature.

Ce caractère violent se développait chaque jour,
et déjà le fort de la Halle avait essayé de le dompter
par quelques corrections indispensables, soit en lui
tirant les oreilles, soit en lui pinçant le nez ou les
joues; mais sitôt que, du bout du doigt il touchait à

Fortuné, sa mère pâlissait, un mouvement convulsif s'emparait de tout son être, et un cri déchirant qui jaillissait du sein maternel désarmait Athanase et le rendait immobile.

Les deux enfants étaient parvenus à l'âge de huit à neuf ans. Fortuné, sous les traits aimables de Manon, cachait le naturel violent et despote d'Athanase. Impossible de le faire céder quand il avait résolu quelque chose; plus impossible encore de le calmer quand il se livrait à ses emportements. C'est en vain que sa mère employait tout l'ascendant que lui donnait sa tendresse, c'est en vain que sans cesse elle se plaçait en sentinelle vigilante entre le père et le fils, ce dernier ne pouvait éviter les gourmades qu'il méritait souvent; mais comme elles étaient portées par un bras nerveux qui ne connaissait pas toute sa force, le pauvre enfant en fut quelquefois victime. Le fort de la Halle, nous l'avons déjà dit, brisait tout ce qu'il touchait, et les membres délicats de Fortuné couraient bien des risques sous la main de fer du moderne Hercule. Un jour, entre autres, que Manon s'était absentée quelques instants et qu'elle n'était pas là pour modérer Athanase par sa présence, le petit démon se querellant avec sa sœur, lui donne un coup de poing sur le nez, d'où le sang jaillit et couvre ses vêtements. Athanase rentre par malheur en ce moment même; à l'aspect de sa fille ensanglantée, il perd la tête, empoigne Fortuné poussant des cris affreux, et l'eût peut-être brisé dans ses bras, si la mère, accourant éperdue, ne fût venue l'en arracher. Elle parvint à lui sauver la vie ; mais son père, en le saisissant par la cuisse droite, en avait broyé le fémur. Ce fut en vain que les gens de l'art furent appelés au secours du jeune estropié, l'impossibilité de le guérir fut reconnue ; on déclara qu'il resterait boiteux toute sa vie et ne pourrait marcher qu'à l'aide d'une béquille. Athanase ne s'imaginait pas avoir serré aussi fortement le pauvre enfant ; il se repentit, mais trop tard, de son emportement, et ne fut plus occupé qu'à dédommager son fils par sa tendresse et ses soins. Ce qui surtout ajoutait à la peine du fort de la Halle, c'était le silence douloureux de sa femme, qui ne lui fit pas entendre le moindre murmure, ne lui adressa pas un seul rereproche. Mais combien de fois la surprit-il les yeux noyés de larmes, attachés sur le jeune infirme, les essuyer furtivement à l'aspect de son mari, prendre alors un visage serein et affecter un sourire qui déchirait le cœur de ce malheureux père.

Il lui fallut renoncer au projet qu'il avait formé de faire recevoir son fils, à vingt et un ans, parmi les forts de la Halle ; il le mit en apprentissage chez un tailleur, où sa vivacité fut comprimée par l'espèce d'immobilité à laquelle il était condamné. Son corps, affaibli par degrés, devint débile, rachitique.

Il n'y eut que son âme aimante qui se développa de jour en jour, et son aptitude au travail, dont on faisait l'éloge, qui purent offrir à ses parents quelques consolations.

Fortuné venait d'atteindre à sa seizième année, et déjà le maître tailleur chez lequel il travaillait l'avait classé parmi ses ouvriers du second ordre. Sa sœur Hélène venait d'achever sa quatorzième. Aux traits réguliers et au regard imposant de son père, elle joignait la douceur angélique et l'heureux naturel de sa mère. Chacun l'admirait, chacun l'aimait plus encore. Oh! que de soins elle avait du cher boiteux quand il venait passer le dimanche dans la maison paternelle! Quel tendre attachement elle lui témoignait! On eût dit qu'elle était chargée de l'indemniser de son infirmité. Fortuné savait apprécier toutes ces preuves de l'amour fraternel, et se consolait en quelque sorte du sort cruel auquel il était réduit, en admirant sa sœur... Hélas! tous ces avantages devaient bientôt s'évanouir : c'était une rose brillante exposée à la fureur des orages, et qui tout-à-coup peut tomber effeuillée.

Le chagrin secret qu'éprouvait Athanase de l'infirmité de son fils aigrissait par degrés son caractère ; et bien qu'il fût en garde contre ses emportements, qu'il payait déjà si cher, il était sujet à des impatiences qui lui faisaient monter le sang à la tête au point que, pour éviter le moindre débat, soit à la

Halle, soit dans son ménage, il s'éloignait brusquement et ne reparaissait qu'après cette crise physique
dont il n'était pas maître. On était au milieu de l'été :
la chaleur devenait excessive ; Athanase, après avoir
vaqué longtemps à ses travaux, revient de la Halle
couvert de sueur, vêtu d'un gilet et d'un pantalon
de toile légère, pour prendre son repas accoutumé.
Manon, toujours triste, mais toujours bonne et pré-
venante, lui attache un mouchoir autour de la tête,
afin d'étancher la sueur qui l'inonde. Pendant ce
temps, Hélène s'empresse d'apporter le potage
bouillant sur le fourneau ; mais au moment où elle
va le déposer sur la table, un faux pas la fait chan-
celer, et la marmite, en tombant, verse sur la jambe
nue du fort de la Halle une portion du bouillon qui
le brûle. Egaré par la vive douleur qu'il éprouve,
il oublie quelle est celle qui la cause, et, dans son
premier mouvement, il porte un coup dans les reins
de sa fille et l'étend sur le carreau. A peine s'est-il
abandonné malgré lui à cet emportement, qu'il
pousse lui-même un cri déchirant, relève Hélène, la
presse dans ses bras, et celle-ci, malgré la souffrance
qui lui ôte la respiration, dit à son père en l'embras-
sant :

— Ce n'est rien, papa... ne t'effraye pas, je t'en
prie !

Cependant la pâleur se répand sur la figure céleste de la jeune fille ; ses beaux yeux se voilent,

elle perd tout-à-fait connaissance. Athanase la dépose sur un lit en poussant les hurlements d'un animal féroce. Manon, malgré la frayeur qui l'accable,
court chercher un chirurgien célèbre demeurant dans
le voisinage; il accourt, trouve la pauvre enfant revenue de son évanouissement et répétant encore à
son père :

— Ne t'effraye pas... ce ne sera rien!..,

Elle se trompait, la malheureuse : le coup qu'elle
avait reçu et qu'Athanase ne s'imaginait pas lancer
avec violence, avait démis l'épine dorsale de cette
charmante créature, et la rendit contrefaite pour le
reste de ses jours. Sa figure devint longue et poin-
tue; ses yeux caves ne jetaient plus qu'un reste de
flamme où se peignait la tristesse; sa poitrine enfou-
cée n'avait qu'une respiration courte et gênée; sa
taille, si belle et si noblement élancée, diminua de
dix pouces; et ses bras longs, ses mains décharnées
formaient, avec le reste de son corps, un contraste
pénible. En un mot, la plus belle fille de tout le
quartier de la Halle au blé devint une bossue ridicule aux yeux de ceux qui ne la connaissaient pas,
et digne de pitié pour tous ceux qui l'avaient vue si
svelte et si brillante de fraîcheur.

Comment peindre la douleur, les remords et l'a-
battement d'Athanase? Oh ! quel supplice horrible il
éprouvait chaque fois qu'Hélène se présentait à ses
regards! Et combien ce supplice augmentait encore

lorsque, chaque dimanche, le frère, déjà boiteux, venait consoler sa jeune sœur et lui rendre toutes les caresses qu'il avait reçues d'elle à l'epoque de sa cuisse brisée !

— Ainsi donc, se disait à lui-même le fort de la Halle, je suis l'bourreau d'mes enfants, moi que l'ciel avait fait leur appui, leur défenseur! J'ai flétri leur jeunesse, altéré leur santé; j'ai détruit tout l'bonheur, tout l'avenir que semblait leur promettre la Providence !..... Ah! j'dois faire horreur à tous les pères, à tous les enfants..... Non, non, je n'saurais plus r'paraître à la Halle, où j'serais honni, montré au doigt..... Ah! j'n'ai plus qu'une ressource : c'est une prompte fin d'ma misérable existence !

On le vit, en effet, chaque jour tomber dans une sombre mélancolie dont rien ne pouvait le distraire. Sa femme cherchait-elle à ranimer ses forces, qui s'éteignaient par degrés, en excusant un mouvement de vivacité dont il n'avait pas été le maître, il lui répondait d'une voix déchirante et détournant la tête :

— Ah! je t'ai privée du bonheur que tu méritais si bien !

Hélène et Fortuné s'empressaient-ils de le consoler par leurs caresses, il attachait sur eux ses regards attendris et ne leur adressait que ces mots :

— Pauvres victimes !... Pauvres victimes !...

Bientôt la privation qu'il s'était imposée de toute
espèce d'exercice, la douleur affreuse qui dévorait
son âme aimante et ne lui laissait pas un seul instant de repos, éteignirent, en effet, les restes d'une
vie qui devait être heureuse; car Athanâse était bon,
franc, généreux, compatissant : il réunissait tout ce
qui, dans un homme du peuple, commande l'estime
et fait des amis vrais. Aussi fut-il plaint et regretté
de tous ses camarades; ceux-ci n'abandonnèrent
point sa veuve et ses enfants, dont l'aspect fut une
grande leçon pour ces hommes qui, doués d'une
force extraordinaire et d'une volonté ferme, n'ont
pas le courage de vaincre leurs penchants et de remplir ce premier devoir de la nature qui consiste à savoir commander à soi-même.

GEORGES ET THÉODORE

ou

LES DEUX ÉDUCATIONS.

———

— Tu veux donc faire de ton fils un savant, un philosophe? disait Robert, commissionnaire, à son camarade Gervais, assis comme lui sur ses crochets, au coin de la rue de la Monnaie et de celle des Fossés-Saint-Germain.

— J'aime autant, lui répondait celui-ci, qu' mon Théodore fréquente l'enseignement mutuel que d' badauder toute la journée dans la rue ou sus l' quai d' l'Ecole, comme fait ton enfant, qui d'vient l' plus mauvais sujet!...

— Bah! tu dis ça parc' qu'il a rossé l' tien l'aut' jour.

— Oh! Théodore s'est bravement défendu, et si l'on n'était pas v'nu les séparer, Georges se s'rait r'penti d' l'avoir attaqué.

— Dame! aussi, pourquoi monsieur Théodore fait-i' l' fier avec son égal, avec son ami d'enfance!

— Lui, fier! ça vous est doux comme un agneau; mais on lui cherche qu'relle parc' qu'il s'occupe à profiter d' l'inducation qu' veut lui donner son parrain, l' propriétaire d' la maison où j' demeure.

— Gervais, si j'étais à ta place, je n' souffrirais pas qu'on fît d' mon enfant-z-un freluquet, un p'tit avantageux, parc' qu'il saura lire et chiffrer... Pour moi, qui n' sais ni l'un ni l'autre, j' n'ons pas voulu qu' Georges en sût plus long qu' son père. I' portera la charge comme moi, f'ra des commissions pour tout l'z-honnêtes gens du quartier, et mérit'ra, si ça s' peut, leur confiance et leur estime.

— J'espère bien qu' mon Théodore n' s'en montrera pas moins digne; et parc' qu'il étudie, ça n'est pas une raison pour qu'il démérite, c't enfant: ben du contraire; toi-même, Robert, j' t'ai vu bisquer plus d'une fois de n' pas savoir lire ni écrire.

— Je n' dis pas non; mais Georges n'en saura pas davantage, parc' que, vois-tu, l'z-enfants qui vous en apprennent plus long qu' père et mère finissent quelquefois par les mépriser; et je n' serais pas d'humeur à souffrir ça.

— Et tu f'rais ben... Mais j'ons dans l'idée, moi, qu' pus nos enfants sont induqués, et pus i' sentent c' qu'i doivent à leurs parents; j'en parle par expé-

M. de la Perrière et Théodore (page 170).

rience, car mon Théodore n'a jamais été plus gentil, plus repectueux envers ma femme et moi que d'puis qu'i fréquente l'enseignement mutuel, où c' qu'on lit de bons livres, où c' qu'on prend les principes d' soumission, d'honnêteté... en un mot, tout c' qui forme l' cœur d'une jeunesse et vous l'élève à la hauteur d'un homme d' bien.

— Est-ce que je n' suis pas un homme de bien, moi, quoiqu'je n' sache pas lire?... En un mot comme en cent, j' n'entendons pas qu' Georges s'élève au-dessus d' la classe où c' qu'il est né; j' veux qu'i soit commissionnaire.

— Eh ben! moi, je s'cond'rai Théodore à profiter des bontés de M. d' la Perrière pour s'élever l' plus haut possible : chacun a son système.

— Et quand i' s'ra devenu un qu'équ'-z-un, i' n' te r'gardera plus, i' rougira d' son père.

— C'est c' qui faudra voir... En attendant, tu f'ras bien d' prév'nir ton fils de n' plus attaquer l' mien quand i' r'viendra de l'école, parc' que j' te confie en ami qu' j'ai recommandé à Théodore de n' pas l' ménager quand i' porterait la main sus lui.

— Ça, c'est juste : quand on provoque, faut s'attendre à la risposte ; mais veux-tu m'en croire, Gervais? laissons nos gamins s'arranger ensemble, et promettons-nous de n' jamais nous r'procher les taloches qu' l'un pourrait donner à l'aut'.

— C'est dit.

Ici la conversation fut interrompue par une pratique de Gervais qui vint lui donner à faire une commission importante. Dès le lendemain, Georges rentre chez ses parents un œil poché, sa veste déchirée, et dans le plus grand désordre. Il annonce à son
père que c'est Théodore qui l'a rossé de la sorte.

— Tu l'avais donc attaqué? lui dit Robert.

— Il est vrai, mon père.

— Eh ben! tu n'en as que c' que tu mérites.

Cette leçon fut toutefois profitable et délivra le fils
de Gervais des attaques fréquentes du petit mauvais
sujet, qui comprit enfin que si la douceur et la timi-
dité répugnent d'entrer en lice et de se colleter dans
la rue, il est aussi de ces moments où la dignité d'âme
reprend toute son énergie et emploie toute sa force
à repousser d'humiliantes agressions. A partir de
cette époque, Georges laissa donc circuler libre-
ment Théodore, qu'il se contentait d'appeler de loin
le savant, le *mutuel*. Celui-ci lui répondait par un
sourire, et ne tarda pas à lui prouver que l'instruction, loin de nous détacher de nos égaux, ne fait au
contraire que nous rendre plus capables de les servir
dans les occasions importantes.

On n'ignorait pas à l'institution que Théodore, devenu *moniteur*, c'est-à-dire chef d'explication, et par
cela même cher à ses camarades, était souvent attaqué quand il retournait chez ses parents, et qu'il
avait essuyé tout récemment encore une lutte vi-

goureuse et dont il était sorti vainqueur. Les élèves d'un même enseignement forment entre eux une corporation véritable veillant sur la personne de tous ceux qui la composent; il fut donc arrêté, à l'insu de Théodore, qu'on prendrait des renseignements sur la cause des attaques qu'il avait supportées. Quand on se fut assuré que c'était par jalousie, on résolut de venger l'honneur du corps des élèves, et chacun d'eux se promit de se poster en sentinelle dans les différ...tes allées du quartier, pour tomber sur les agresseurs qui oseraient insulter leur cher camarade. Un soir que Théodore, revenant do l'institution, sortait de la rue Thibautaudé, cinq ou six drôles, à la tête desquels était Georges, se mettent à crier :

— V'là le savant!... V'là l' *mutuel!*

Au même instant une douzaine d'élèves, sortant de leur embuscade, fondent sur les insolents, qu'ils mettent en fuite ; mais le chef de la bande, saisi par eux, eût payé pour tous, sans Théodore, qui, le reconnaissant, s'élance et lui sert de bouclier en s'écriant :

— C'est mon ami d'enfance... c'est le fils d'un camarade à mon père... Je ne souffrirai pas qu'on lui fasse le moindre mal.

Les élèves, désarmés par ce trait généreux, font grâce à Georges, en lui recommandant de ne plus attaquer de la sorte aucun membre de l'enseigne-

ment mutuel, dont ils sauraient soutenir les droits
et venger la moindre insulte. Georges, tout mauvais sujet qu'il était, fut touché du procédé magna-
nime de Théodore, et se promit de ne jamais l'attaquer ni de le troubler sur son passage.

Gervais fut instruit du noble dévouement de Théodore, et l'en félicita. Georges n'avait pu, de son côté,
le cacher à son père; et lorsque celui-ci glosait de
nouveau son camarade sur les hautes prétentions
qu'il avait sur son fils, Gervais lui répondait :

— Tu avoueras c'pendant que si Théodore eût été
aussi mauvais diable que ton enfant, t'aurais p't-être
que'qu'-z-oreilles de moins dans ta famille; et tout
ça, vois-tu, m' confirme dans l'idée qu' l'inducation
nous rend meilleurs.

Bientôt le concours général des établissements
d'instruction élémentaire eut lieu dans Paris. La Société des savants, toujours empressée de propager ce
qui peut être utile au peuple, avait annoncé qu'elle
décernerait une médaille de six cents francs à celui
de tous les élèves de la capitale qui remporterait le
grand prix; et Théodore Gervais eut cet honneur.
M. de la Perrière, son parrain, ancien avocat et premier adjoint de la mairie de son arrondissement, fut
invité à venir couronner lui-même l'intéressant enfant qui donnait d'aussi belles espérances, et cette
touchante solennité ne fit qu'augmenter le tendre in-

térêt qu'éprouvait cet honorable vieillard pour son
jeune filleul.

Le premier usage que fit Théodore des six cents
francs qu'on lui remit fut d'abord d'acheter à sa
mère une chaîne de cou en or, avec une plaque où
il avait fait graver ces mots : « *Hommage filial.* » Il
fit ensuite présent à son père d'une petite charrette
à bras, que celui-ci désirait depuis longtemps, pour
transporter plus facilement les pesants fardeaux
qu'on lui confiait, et faire les déménagements, ce
qui, dans le quartier qu'il habitait, devait lui procurer de nombreuses pratiques.

— Eh ben! disait alors Gervais à son camarade,
tu vois c' que c'est que l'instruction : si ton fils avait
eu pareille somme en son pouvoir, je n' pense pas
qu'il en eût jamais fait un si bon emploi.

— Oh! il est sûr et certain qu'il l'eût expédiée
en friandises..... Mais j'aurais ben su y mettre ordre.

— Pour moi, je n' me suis point mêlé, pas plus
que ma femme, de c' que Théodore f'rait des six
cents francs qu'il avait gagnés; et tu vois que j'avons
eu raison d' nous en rapporter à lui.

Le jeune lauréat, après avoir fait à son père et à
sa mère le premier hommage du prix qu'il avait
remporté, voulut, sur l'argent qui lui restait, régaler ceux de ses camarades qu'il aimait le plus : il les
réunit donc à un repas modeste, où Georges fut in-

vité. Comme les vêtements de celui-ci se ressentaient des querelles qu'il avait sans cesse avec tous
les garnements du quartier, il éprouva une certaine
humiliation au milieu des élèves proprement vêtus,
et dont les sarcasmes eussent promptement roulé sur
son compte, si Théodore ne l'eût pas traité comme
l'ami de son enfance. Mais, ce qui peut-être humilia
encore le pauvre Georges, ce fut l'ignorance totale
où il se trouvait, à côté de ces charmants élèves ci-
tant tel trait d'histoire, désignant tel point géogra-
phique, et répétant tel mot d'un personnage célèbre.
Oh! que le fils de Robert se sentit obscur et gros-
sier auprès de ces jeunes *mutuels!* Que de regrets lui
fit éprouver cette pénible comparaison! Ce fut à tel
point qu'il sollicita son père de l'envoyer, comme
d'autres, à l'enseignement élémentaire; mais celui-
ci, fidèle à son système, et toujours convaincu que
les enfants instruits se croient au-dessus de leurs parents qui ne le sont pas, répondit à son fils que, n'en-
tendant point faire de lui ce que Gervais faisait de
Théodore, il se garderait bien de lui farcir la tête de
mille babioles dont le résultat serait de le dégoûter
de son état de commissionnaire, pour lequel il était
né. Georges, qui d'avance ne se sentait pas un
grand penchant pour l'étude, se conforma sans
peine aux ordres de son père, et le seconda dans ses
travaux.

Théodore, filleul de M. de la Perrière, qui remar-

quait en lui de rares dispositions, fut mis dans un des
lycées de Paris, où il fit des progrès rapides. Chaque année, il recueillait les plus glorieuses couron-
nes, dont il ne manquait jamais de faire hommage à
ses parents, heureux et fiers de lui avoir donné le
jour. Son parrain, habile observateur, voyait avec
un grand plaisir que le jeune lauréat, loin de se tar-
guer des honorables nominations qu'il obtenait au
lycée Charlemagne, conservait toute la simplicité
de son heureux naturel, et ne rougissait point de la
profession de son père. On le vit même plus d'une
fois, lorsqu'il venait passer ses jours de congé dans
l'humble demeure où s'était écoulée son enfance,
on le vit quitter son costume de lycéen, endosser
son ancienne veste et son pantalon de velours de
coton, remplacer le chapeau d'uniforme par une
mauvaise casquette, s'atteler auprès de son père à
la charrette à bras, qui lui rappelait son premier
triomphe, et, par cet acte de la plus touchante humilité, prouver à quel point il respectait l'auteur de
son être. Celui-ci, loin d'empêcher son fils, alors
âgé de quinze ans, de l'aider dans son travail, en
était glorieux ; et lorsque, dans leurs courses de commissionnaires, il rencontrait Robert, comme eux sous
la charge, il lui disait avec joie :

— Eh bien! tu vois si l'éducation nous fait mépriser nos parents!

Un jour, entre autres, c'était encore un jeudi, Ro-

bert et son fils, également attelés à une charrette à
bras contenant une forte charge, gravissaient une
rue escarpée, haletants et couverts de sueur, Théodore, qui, ses crochets vides, revenait de porter une
malle au bureau des diligences, les aperçoit et les
aborde en disant :

— Tu n'es pas de force avec ton père ; laisse-moi
te remplacer et reprends haleine!...

A ces mots, il endosse la bricole de cuir, accorde
ses pas et son élan avec ceux de Robert, et parvient
à hisser jusqu'au haut de la rue le pesant fardeau
qui l'accablait.

— Touche là, lui dit le père de Georges en lui
tendant la main ; j' n'aurais jamais cru ça de toi...
Est-ce que tu n'es plus au lycée?

— Pardonnez-moi, lui répond gaiement Théodore,
mais tous les jeudis je redeviens commissionnaire :
on tient à ses premières habitudes.

Robert ne put s'empêcher d'être touché de cette
honorable déférence pour sa profession, et voulut
emmener le commissionnaire par *intérim* vider une
bouteille au cabaret du coin ; mais Théodore refusa,
prétextant une commission pressée qui lui restait à
faire.

— Eh bien! dit Gervais à son camarade, la première fois qu'il le rencontra, crois-tu, d'après c' que
Théodore a fait pour toi, qu'i' ne sera qu'un *freluquet*,
un p'tit avantageux?

— Oh! j' suis forcé d'avouer qu' c'est un brave garçon, répond Robert : le fond est excellent, faut en conv'nir; mais à travers tout ça perce encore certaine petite vanité.

— Comment?

— Eh oui! l'on a refusé d'avaler avec moi-z-un verre de vin! on rougissait d' paraître au cabaret... et j'en suis pour c' que j'ai dit : l'instruction n' convient point-z-à nos enfants.

Notre jeune lycéen venait d'achever sa rhétorique, et, selon son usage, avait remporté tous les premiers prix. Il comptait venir passer chez ses parents le temps de ses vacances et se disposait à seconder son père dans ses travaux; mais M. de la Perrière disposa de lui pour l'accompagner dans un voyage en Suisse. M. de la Perrière, dont l'instruction était profonde, et qui jouissait en secret de voir les hautes pensées de son filleul se développer avec tant d'énergie, les étendait encore davantage par les réflexions du savoir et de l'expérience. Il ramena Théodore à Paris, sans lui rien communiquer des projets qu'il formait sur sa destinée, mais déjà satisfait d'en avoir fait un homme.

Pendant leur absence, un accident grave, qu'avait éprouvé Gervais en portant un fardeau trop pesant, avait mis ce brave homme hors d'état de continuer sa profession : il s'était démis la cuisse en descendant un escalier rapide; et Théodore, à qui son bienfai-

teur avait eu grand soin de cacher ce funeste événement, trouva son pauvre père encore sur le grabat,
et s'inquiétant des moyens de pourvoir à sa subsis-
tance, à celle de son excellente femme. Le rhétori-
cien lauréat ne balance pas; il va quitter son habit
de voyageur pour endosser l'humble veste de
commissionnaire; il va renoncer, s'il le faut, à tous
les avantages que lui promettent ses succès, pour se
livrer aux travaux les plus pénibles.

Le silence de M. de la Perrière semblait légitimer
la résolution de son filleul; il voulut même lui donner à faire sa première commission, et le chargea de
porter le soir, à la nuit tombante, une cassette chez
un avoué très-renommé qui demeurait près de l'O-
déon. Voilà donc Théodore, les crochets sur le dos
et le petit bâton noueux à la main, portant la cassette en question et traversant ainsi la moitié de Paris. Il rencontre sur le pont Neuf Robert et Georges
qui s'arrêtent stupéfaits à la vue de Théodore sous
la charge :

— Te v'là donc décidément des nôtres? lui disent-
ils avec une surprise mêlée d'une secrète satisfaction.

— Sans doute, répond gaillardement le nouveau
commissionnaire. Mon père ne pouvant plus travailler, et n'ayant que moi d'enfant, il faut bien que je
le remplace.

— Dieu te bénira, lui dit Robert en lui serrant la
main.

— C'est pas pour dire, ajoute son fils, mais j' suis ravi de te r'trouver sous les crochets; ça t' fait-z-honneur, et à nous tout autant..... et si jamais t'as besoin d'un coup d' main, tu peux compter sur moi.

— A charge de revanche, camarade, répond Théodore en les quittant et portant la cassette à sa destination.

Il arrive chez l'avoué, homme d'un certain âge, et ancien ami de M. de la Perrière, lui remet le fardeau dont il est porteur, et reçoit une pièce de trente sous, qu'il baise avec ivresse.

— Excusez, dit-il à l'avoué, c'est le premier salaire que je reçois de mon travail, et je dois en remercier la Providence, puisqu'il me procurera le bonheur de secourir mes parents et de m'acquitter avec eux.

— Je les félicite, répond le vieillard, d'avoir un fils tel que vous, et j'ose vous prédire un grand succès dans votre profession.

Théodore, en s'éloignant de l'avoué, remarque, non sans quelque surprise, qu'il attache sur lui un certain regard d'intérêt et laisse échapper un malin sourire. Il dépose dans un coin la cassette qu'on lui avait confiée, et regagne son modeste foyer, où se découvrant avec respect, il fait hommage à son père des premiers trente sous qu'il a gagnés.

M. de la Perrière, satisfait des diverses épreuves

qu'il avait fait subir à son filleul, convaincu que cet
excellent jeune homme sacrifiait sans regret l'instruction qu'il avait reçue au devoir que' lui dictait
la piété filiale ; touché d'une abnégation aussi
grande, aussi courageuse, et qui dénotait le meilleur
des hommes, crut devoir lui révéler ses intentions,
et l'appeler aux nobles destinées qu'il méritait.

Il fait descendre Théodore de la mansarde qu'il
occupait dans sa maison avec son père et sa mère, et
lui donne à faire une nouvelle commission : c'était
de porter une malle chez le même avoué, son vieil
ami, rue de l'Odéon. Le jeune commissionnaire la
charge sur ses crochets et la porte à sa destination.
L'avoué lui donne l'ordre à son tour de la monter au
cinquième, où logeaient ses trois premiers clercs. Il
obéit, conduit par un des jeunes gens de l'étude, et
dépose son fardeau tout à côté de celui qu'il avait
apporté la veille. Comme il essuyait la sueur coulant
de sa figure, entre le vieux jurisconsulte. Celui-ci
lui remet deux clefs, et l'invite à ouvrir d'abord la
malle qu'il vient d'apporter. Théodore obéit, et reconnaît toute sa garde-robe de voyage, son linge,
les livres à son usage, en un mot, tout ce que son parrain lui avait donné pendant le cours de ses études.
Ses regards s'arrêtent principalement sur les volu-
mes nombreux qu'il avait reçus comme lauréat ; et
ses yeux, malgré lui, se mouillent de douces larmes... Il ouvre de même la cassette, d'après la nou-

velle invitation qu'il reçoit, et son étonnement re-
double, en voyant qu'elle contient un trousseau com-
plet en linge de corps, en vêtements modernes. Il
demande à qui ces présents sont destinés.

— A vous, digne jeune homme, lui répond l'a-
voué en lui remettant une lettre de M. de la Perrière
conçue en ces termes :

« Cher Théodore, le temps de tes épreuves est
terminé. J'ai trouvé en toi ce que j'ambitionnais,
une âme élevée, une sensibilité vraie, une grande
résignation aux coups du sort, une entière abnégation de toi-même pour venir au secours de tes parents, une estime et un dévouement éprouvés pour
tes égaux... Poursuis donc l'honorable carrière à laquelle je te destine ! Commence l'étude de nos lois
chez le digne ami à qui je te confie, et procure-moi
la plus grande jouissance que je puisse éprouver
maintenant sur la terre, celle de te compter parmi
les jeunes orateurs qui font la gloire du barreau
français !

« Ton parrain,

» DE LA PERRIÈRE. »

Le jeune commissionnaire croit rêver : il porte
de son cœur à ses lèvres cet écrit qui lui révèle sa
destinée, et s'abandonne à la plus douce ivresse...
Mais que deviendront son père infirme et sa tendre
mère ? Avant d'accepter un bienfait qui comble tous

ses vœux, il retourne à sa demeure, balançant encore entre le sort brillant qu'on lui propose et ce qu'il doit à ses parents... Mais quelle joie il éprouve en rentrant à l'hôtel dont son bienfaiteur est propriétaire, de voir son père établi dans la loge du concierge à la place de celui que son grand âge avait forcé de se retirer, et sa mère installée comme femme de charge dans la maison de M. de la Perrière! Il va se jeter aux pieds de celui-ci, qui le relève aussitôt, et, le pressant sur son cœur, lui dit avec expression :

— Là, mon ami!... là, mon digne et bien-aimé filleul!... Je rends grâces à Dieu de m'avoir choisi pour développer les rares qualités dont t'a doté la nature. Tu seras noble de pensées, fort de courage; tu n'ambitionneras ni les titres ni les grandeurs, tu ne leur sacrifieras jamais ton indépendance; et, sous la robe d'avocat, tu n'oublieras point que tu as porté avec fierté l'humble veste du commissionnaire...

— Jamais !..... s'écrie Théodore en couvrant de mille baisers les généreuses mains du vieillard, jamais ces paroles ne s'effaceront de mon souvenir.

Dès le soir même, après avoir pris congé de son père et de sa mère, et reçu leurs bénédictions, il alla s'installer chez l'avoué, qui l'accueillit comme le fils de son vieil ami, le présenta lui-même à tous les jeunes gens de son étude comme un confrère

digne de leur appartenir, et lui signifia que pour
remplir les intentions de M. de la Perrière, il irait le
lendemain matin se faire inscrire parmi les étudiants
en droit. Théodore s'empressa d'obéir à cet ordre, et,
reprenant ses vêtements de voyage, c'est-à-dire le
frac et le pantalon de drap de Louviers, le chapeau
rond et la chemise à larges plis, fermée de trois
agrafes sur la poitrine, il se rendit à la place du
Panthéon, et prit ses premières inscriptions. En descendant la rue Saint-Jacques, il est accueilli par
Robert et Georges, qui traînaient sur leur charrette
les meubles d'un nouveau professeur au collége de
Louis-le-Grand; son changement de costume excite
encore les sarcasmes du père et du fils :

—I' paraît, lui dit l'un, qu' la veste d' velours de
coton t' gênait dans tes mouvements; t'es ben plus à
l'aise dans ce frac élégant, n'est-ce pas?

—Faut avouer, lui dit l'autre, qu' ça convient
mieux à l'éducation qu' t'as reçue, et qu' tu n'
pouvais pas, sans déroger, rester parmi nous autres.

Théodore ne répondit à ces amères plaisanteries
qu'en leur apprenant ce que M. de la Perrière venait
de faire pour ses parents et pour lui-même. Il n'eut
pas de peine à se disculper dans l'esprit de ses ci-de-
vant camarades, dont il réclama toujours l'a-
mitié en échange de celle qu'il leur porterait toute
sa vie.

Robert, soit par système, soit peut-être par jalousie, ne cessait pas de gloser sur Théodore et de
l'accabler de sarcasmes piquants chaque fois qu'il le
rencontrait. C'était toujours :

— *Monsieu l' bachelier!* par-ci ; *monsieu l' docteur
en droit!* par-là.

Souvent aussi, quoique le costume du jeune légiste fût simple et modeste, on le plaisantait amère-
ment sur ses bas de soie noirs et les escarpins qui lui
faisaient la jambe plus fine et le pied plus mignon
que les grosses guêtres et les souliers ferrés du commissionnaire ; sur sa chemise à jabot, qui lui cha-
touillait le menton, et sur son chapeau rond à petit
bord, dont la forme élevée le rendait bien plus grand
homme que le feutre en calotte porté par les hommes de peine. Théodore s'amusait de cette critique
mordante, et la désarmait toujours par son aimable
urbanité.

Toutefois un événement assez grave ne tarda pas
à prouver aux commissionnaires qui ne savent ni lire
ni écrire qu'on peut abuser de leur bonne foi, compromettre leur bonheur et même leur liberté. Depuis deux ans Georges et Théodore s'étaient perdus
de vue ; ils se rencontraient seulement en traversant
une rue, un carrefour, et toujours le jeune bachelier
venait serrer la main de son premier camarade, et
s'informait de son sort, de celui de ses parents, avec
cet intérêt de la plus sincère amitié. Tantôt il lisait à

Georges une adresse dont celui-ci ne se rappelait plus le numéro; tantôt il l'aidait à reconnaître sur l'étiquette divers sacs de nuit et paquets qu'il traînait au bureau des messageries. On le vit même plus d'une fois, en se séparant de son ancien ami, pousser avec vigueur le derrière de sa charrette à bras et le soulager d'autant pendant quelques pas. Tant nos premières habitudes, a dit un grand poète, ont de pouvoir sur nous!

Georges, dont l'éducation n'avait pas développé cet instinct d'intelligence qu'on reçoit de la nature, était d'une confiance aveugle; et le désir de gagner quelques francs de plus dans sa journée lui faisait souvent commettre des imprudences. Un soir qu'il s'était endormi sur ses crochets, au coin de la rue des Bourdonnais, un jeune commis marchand, d'une tournure élégante et bien vêtu, le réveille et lui demande s'il veut porter une balle de marchandises au bateau à vapeur de Melun, mis à l'ancre au port de la Grève. Le jeune commissionnaire y consent; il suit le commis marchand dans un cul-de-sac du cloître Sainte-Opportune, monte à un entre-sol où se trouve un autre jeune homme, aussi bien vêtu, qui se dit manufacturier de draps à Louviers, et pose lui-même la balle en question sur les crochets de Georges, qui accompagne le soi-disant commis jusqu'au bateau à vapeur, et dont il reçoit trois francs pour salaire. Au bout de quelque temps, le même

inconnu vient le chercher, et lui propose de faire
une seconde commission au même prix. Mais cette
fois Georges ira seul, muni d'un écrit pour la personne qu'il a déjà vue au bateau de Melun, et qui
lui payera les trois francs convenus. Ce second
transport s'exécute aussi fidèlement que le premier.
Quinze jours après environ, même dépôt est fait au
commissionnaire, à qui l'on remet encore un écrit
cacheté, mais sans adresse, pour la personne qui
l'attend au port de la Grève. Georges se met en
route ; la charge toutefois étant plus lourde qu'à
l'ordinaire, il est obligé de se reposer, tantôt sur une
borne, tantôt sur son bâton noueux. Enfin il arrive
à sa destination ; mais, au moment où il dépose son
fardeau sur le port, il est entouré de plusieurs agents
de police ; il s'emparent de lui, ainsi que de la personne à laquelle il allait remettre l'écrit qu'on saisit,
et qui était ainsi conçu :

« Notre opération a réussi ; cette balle contient
deux pièces de drap de plus que les autres, veil-
lez-y... Vous remettrez double salaire au porteur,
homme discret, fidèle, et dont nous nous sommes assurés. »

Pendant que plusieurs agents conduisent à la préfecture et la balle de marchandises et la personne
qui devait en être dépositaire, les autres emmènent
Georges, les menottes serrées, et le somment de les
conduire à l'endroit où il reçu sa commission. Celui-

ci, brusque, ignorant et ne calculant pas les suites de son refus, s'obstine à ne pas indiquer la demeure des deux inconnus, où il a pris sa charge, et que, dans son aveuglement, il soutient être d'honnêtes gens, parce qu'ils ont bien payé. Enfin, serré de près, et s'apercevant, mais trop tard, qu'il peut se trouver compromis dans cette affaire, il conduit les officiers de police au cul-de-sac Sainte-Opportune, monte avec eux à l'entre-sol, où l'on arrête le soi-disant manufacturier de Louviers, qui, stupéfait et pressé de questions, avoue que son camarade et lui sont deux commis marchands attachés à l'une des maisons de commerce les plus renommées de la capitale, et que la passion du jeu les a conduits à dérober dans les vastes magasins qu'ils dirigent des pièces de draperie et de soierie qu'ils font vendre à trente lieues de Paris, afin d'écarter tout soupçon. Sur ces aveux, on l'emmène rejoindre son complice à la préfecture, avec Georges, que l'écrit dont il était porteur semble accuser de complicité.

Cet événement fut un coup de foudre pour Robert. Toutes les apparences se réunissaient pour accabler son fils. Trois balles portées par lui au port de la Grève, et contenant des marchandises volées; la confiance intéressée en ceux qui les lui remettaient et l'avaient désigné comme l'agent *discret* dont ils s'étaient *assurés*; le double salaire qu'il avait reçu; la chute du jour choisie pour ces différents messages;

en un mot, la pâleur de l'accusé lorsqu'on l'avait arrêté, ses réponses vagues, incohérentes aux questions qu'on lui avait faites... Le moyen qu'il ne parût pas coupable aux yeux des agents de police! Il fut donc livré comme les autres, mais séparément, au juge d'instruction, qui le déclara complice des jeunes débauchés dont il avait secondé sciemment les manœuvres criminelles ; et le malheureux, quoique innocent, languit dans un cachot obscur, jusqu'à ce qu'il comparût devant la cour d'assises.

Théodore, instruit de cette accablante accusation, court chez Robert, et le trouve, ainsi que sa femme, dans la plus cruelle affliction. Il apprend par eux que Georges, revenu de l'accablement qu'il avait d'abord éprouvé, reprenait par degré sa raison et protestait de son innocence. Le jeune bachelier, au moment de soutenir sa thèse de droit, obtint sans peine la permission d'aller remplir le plus sacré des devoirs auprès de l'ami de son enfance. Il l'interroge lui-même avec ce zèle et cette austérité d'un légiste éclairé qui cherche à connaître et à faire triompher la vérité. Georges ne lui paraît qu'imprudent, mais nullement criminel. Cependant toutes les preuves sont contre lui; c'est la seule conviction des jurés qui pourra lui sauver la liberté et l'honneur. Le sort vient de les désigner, et parmi eux se trouvent d'honnêtes artisans, des pères de famille, qui n'écouteront que le cri de leur conscience. Oh! si le malheureux Georges pouvait avoir un défenseur dont le talent et la célébrité déchirassent le voile épais qui couvre son innocence !

— Eh bien ! s'écriait Théodore, j'irai moi-même implorer la généreuse assistance de quelque célèbre avocat. Je recueillerai si bien toutes les notes, je réunirai tous les moyens de défense avec tant de zèle et d'exactitude... Oh ! que je serais heureux, si je pouvais contribuer à l'acquittement de mon ami !

Ce généreux dévouement rassurait l'accusé, calmait un peu le désespoir de ses pauvres parents, que visitaient souvent le père Gervais et son excellente femme.

— Ah ! leur disait alors Robert avec cet abattement d'un honnête homme qui craint le déshonneur, j' m'aperçois, mais trop tard, qu'j'ons eu tort de tant négliger l'éducation d' mon enfant ; s'il eût su lire et écrire, i' n' s'rait pas aujourd'hui sus l' banc des criminels..... S'il est condamné, j' n'y survivrai pas.

Enfin le jour arrive où Georges Robert doit comparaître devant ses juges ; mais, dans la nuit qui le précède, un des jeunes accusés dont la tête fermentait, fut atteint d'un coup de sang, qui fit remettre la cause à la fin de la session. Théodore soutint sa thèse de licencié peu de jours après, et recueillit tous les suffrages par son savoir profond et cette élo-

quente improvisation qu'on admire dans les orateurs
célèbres du barreau français. Son succès brillant se
répandit parmi les avocats, et celui d'entre eux qu'il
avait choisi pour la défense de Georges lui conseilla
de plaider lui-même sa cause.

— Cette chaleur entraînante de l'amitié, lui disait-
il, cette conviction intime de l'innocence de l'accusé,
doivent produire sur les jurés une impression salutaire. Je serai près de vous et vous soutiendrai dans
votre marche ; mais vous n'en n'aurez pas besoin.
Présentez-vous avec cette noble candeur qui vous
distingue ; livrez-vous à toute la sensibilité de votre
âme, à toute la verve de votre imagination féconde,
et je serais bien étonné si vous n'obteniez pas un
succès qui signalera votre entrée dans une carrière que vous annoncez devoir parcourir avec honneur.

Théodore, enhardi par le suffrage de l'avocat célèbre qu'il désirait prendre pour modèle, entraîné par
cette idée si séduisante de sauver l'honneur et la liberté
de l'ami de son enfance, et par là de prouver au peuple ce que peut produire l'instruction, se décide à
défendre l'accusé. Il prête à la cour royale son serment d'avocat, et le soir même, son portefeuille sous
le bras et dans le costume de sa noble profession, il
se rend à la Conciergerie, afin de prendre de la bouche du jeune commissionnaire ces expressions naïves
d'un innocent et de recueillir tous les faits, toutes

les particularités de sa prétendue complicité. Robert et sa femme s'étaient de leur côté rendus à la Conciergerie; et là, tandis que Théodore écrivait tous les renseignements donnés par Georges avec cette franchise et cette vérité qui faisaient redoubler le jeune avocat de zèle et d'espérance, tandis que la pauvre mère de l'accusé lui recommandait de tout dire, de tout avouer, et qu'elle invoquait Théodore comme leur ange tutélaire, Robert, debout derrière elle et les yeux attachés sur le défenseur de son fils, répétait tout bas :

— Si Georges eût su lire et écrire, i' n' s'rait pas aujourd'hui sur l' banc des criminels.

Il y parut, en effet, le lendemain, avec ses coaccusés, qui, d'après les preuves authentiques et leurs aveux mêmes, ne purent trouver grâce dans la conscience des jurés, quel que fût le talent de leurs défenseurs. Théodore se lève, et, quoique l'auditoire fût composé d'un grand nombre d'élèves de l'enseignement mutuel et de commissionnaires de la capitale, un silence imposant règne de toutes parts. Le nouvel avocat, après avoir pressé vivement sur son cœur une main du vénérable M. de la Perrière, assis derrière lui, salue avec respect les jurés, les magistrats, ainsi que ceux de ses confrères qui l'entourent, et dont son regard modeste semble réclamer l'indulgence; puis il s'exprime ainsi :

— Messieurs... j'ai l'honneur de plaider devant

vous ma première cause..... et c'est pour défendre
mon premier ami!... Ma témérité serait sans excuse,
si elle n'était pas fondée sur mon intime conviction
de l'innocence de l'accusé... Eh! qui pourrait mieux
le connaître et le cautionner que le compagnon de
son enfance, le fils d'un camarade de son père, celui
qui le suivit pas à pas dans le premier sentier de la
vie et partagea ses travaux? Ah! si je m'attelai quelquefois avec Georges à la charrette du commissionnaire pour gravir ensemble une rue escarpée, ne
dois-je pas en ce moment terrible m'atteler encore
à ses côtés pour l'aider à sortir du précipice affreux
qu'il a creusé sous ses pas?

Cet exorde, fait avec une humilité franche et l'expression d'une âme élevée, produit sur l'auditoire
un effet irrésistible. Théodore s'en aperçoit et s'a-
bandonne à tout le charme de son improvisation, à
toute la force de sa logique; il s'attache surtout à
prouver que l'écrit fatal qui d'abord semble désigner
l'accusé comme le complice des vrais coupables doit,
aux yeux de tout juge impartial, détruire jusqu'au
moindre soupçon de culpabilité. Il soutient qu'en
effet cet écrit que Georges tenait à la main, et qu'il
a remis avec franchise et confiance, n'indique point
qu'il fût dans le secret des auteurs du crime, mais
le simple colporteur des balles à lui confiées, et que
ces mots : *Dont nous nous sommes assurés*, portaient
seulement sur son exactitude, sur sa fidélité de com-

missionnaire; qu'enfin il fallait, dans le doute, interroger la vie entière de l'accusé; considérer qu'après vingt-cinq années passées auprès de son père, d'une probité reconnue, sans jamais avoir encouru le moindre blâme, il était impossible qu'il se fût laissé séduire tout-à-coup pour un modique salaire qui n'avait doublé qu'en proportion du fardeau plus pesant dont on l'avait chargé. S'attachant ensuite à peindre les dangers et les malheurs que produit l'ignorance absolue où languit encore une portion du peuple, par cela même si facile à tromper, il cite ces hommes de peine exposés chaque jour à seconder les malfaiteurs, tandis qu'ils ont une âme droite, généreuse, et que souvent même ils font à la réputation d'honnête homme les plus grands sacrifices. Il désigne enfin son jeune ami, les yeux baissés et noyés de larmes, abattu, non par la crainte, mais par la douleur de se voir confondu parmi des criminels. Faisant alors une comparaison frappante entre leurs deux positions, il termine par ces mots, avec une émotion pénétrante :

— Jurés et magistrats, vous voyez devant vous les deux fils de deux simples commissionnaires : l'un favorisé de l'instruction, protégé par la bienfaisance, est debout parmi les avocats de la capitale; l'autre, dénué de tout savoir, abandonné à lui-même, est confondu parmi les auteurs d'un crime, qui trompèrent sa confiance ingénue et l'entraîneraient au poteau de l'infamie, s'il ne trouvait pas en vous des juges impassibles qui sondent le cœur de l'homme sans prévention et ne le privent pas, sur de simples apparences, de ce qu'il a de plus cher au monde... l'honneur et la liberté!

A peine Théodore a-t-il achevé son plaidoyer, que tous les jurés déclarent que leur conscience est suffisamment éclairée, et demandent à se retirer pour délibérer. Un quart d'heure après, ils rentrent dans le prétoire, et à l'unanimité des suffrages, ils déclarent que Georges n'est point coupable. Les magistrats prononcent aussitôt l'acquittement de son accusation. Celui-ci, poussant un cri de joie, s'élance du banc funeste où il était assis, et vient se jeter dans les bras de son ami. Le vénérable M. de la Perrière presse vivement son filleul sur son cœur, et Robert, désoppressé du poids affreux qui l'accablait, dit au défenseur de son fils :

— J' te dois plus que la vie, et j'avoue mon tort d' n'avoir pas voulu qu' mon pauvre Georges en sût pus long que son père.

Tous les avocats félicitent leur nouveau confrère sur son succès éclatant, et reconnaissent qu'il fallait sa conviction intime pour donner à sa défense autant d'âme et d'énergie; ils le saluent comme devant compter bientôt parmi les plus célèbres orateurs du barreau. Soudain les anciens élèves de l'enseignement mutuel, ainsi que les nombreux commission-

naires présents à l'audience, percent la foule, entourent leur cher condisciple, leur ancien camarade, et
tous expriment à l'envi l'honneur et la joie qu'ils
éprouvent d'un triomphe aussi solennel. Celui-ci,
béni par les uns, félicité par les autres, répond à
toutes les marques d'attachement et d'estime, à tous
les serrements de main qu'il reçoit; puis, s'adres-
sant aux gens du peuple qui l'environnent, il leur
dit :

— Vous qui composez la classe la plus nombreuse
de la population, ouvriers laborieux, honnêtes artisans; vous surtout, chers et dignes camarades de
mon excellent père, voyez l'ivresse empreinte en
ce moment sur sa figure vénérable, et suivez l'exemple qu'il vous donne!... Il ne suffit pas de procurer
à vos enfants l'aliment du corps, il leur faut encore
celui de l'âme, et cet aliment, c'est l'instruction.....

Que de braves soldats, parce qu'ils ne savent pas
lire, ont été privés du grade honorable que méritait
leur valeur! Que de petits marchands sont trompés
dans leurs spéculations, parce qu'ils ne peuvent
qu'à peine tracer leur signature, dont abusent d'a-
droits fripons!..... Gardez-vous donc de laisser vos
enfants errer à l'aventure, comm uniquer sans cesse
avec ces êtres vicieux et grossiers dont ils prennent
insensiblement le langage, les penchants, les habitudes! Conduisez-les à ces établissements d'instruction élémentaire où, guidés par l'exemple, excités

par l'émulation, ambitieux d'obtenir une récompense, ils verront bientôt se développer leurs facultés intellectuelles et luire à leurs yeux une lumière vivifiante. Là, sans nul effort et par le secours naturel de la mémoire, ils apprendront les devoirs de l'homme envers Dieu et leurs semblables ; ils sentiront leurs jeunes cœurs s'élever et s'agrandir ; ils éprouveront cet impérieux besoin de se faire aimer et considérer. Ne craignez pas qu'un excès d'orgueil les éloigne de vous ! Plus ils seront instruits, plus ils sauront tout ce qu'ils doivent à leurs parents, et plus ils les respecteront... tant il est vrai que l'instruction coule dans les mœurs, qu'elle épure comme un ruisseau limpide à travers la plaine qu'il fertilise.

FIN.

TABLE

TABLE

FIN DE LA TABLE.

Limoges. — Imp. E. ARDANT et Cie

Original en couleur

NF Z 43-120-8

LA FAMILLE

DES

TRAVAILLEURS

PAR A. DRIOU

AUGMENTÉ

DES BIOGRAPHIES DE RICHARD-LENOIR, OBERKAMPF
FULTON, ETC.

TROISIÈME ÉDITION REVUE.

LIMOGES
EUGÈNE ARDANT ET Cⁱᵉ, ÉDITEURS.

www.ingramcontent.com/pod-product-compliance
Lightning Source LLC
Chambersburg PA
CBHW070847030726
47504CB00005B/1249